KB059924

우리는 분위기를 사랑해
오은 시집

문학동네시인선 038 오은

우리는 분위기를 사랑해

시인의 말

어떤 날에는 손바닥에 그려진 실금들 중 하나를 골라 무작정 따라가고 싶었다. 동요하고 싶었다. 가장 가벼운 낱말들만으로 가장 무거운 시를 쓰고 싶었다. 그 반대도 상관없었다. 낱말의 무게를 잴 수 있는 저울을 갖고 싶었다. 어떤 날에는 알록달록한 낱말들로 무채색의 시를 쓰는 꿈을 꿨다. 그림자처럼 평면 위에서 입체적으로 움직이고 싶었다. 한동안 내가 몰두한 건 이런 것들이었다. 입 벌리는 일을 조금 줄이고, 귀 기울이는 일을 조금 늘렸다. 귀를 벌리면 나비떼, 입을 기울이면 나이테. 터지고 있었다. 아무것이, 아무것도, 아무것이나. 머리, 가슴, 배로 이루어진, 동요하는 어떤 낱말이. 그러고도 한번 더 동요하는 어떤 마음이.

돌아오는 길에는,
으레 영혼을 삶는 장면을 상상한다. 어쩔 수 없이 아름답다.

2013년 봄의 어떤 날
오은

차례

어떤 느낌들이 있다. 문밖으로 나가는 누군가가 다시는 돌아오지 않을 것 같다는 느낌, 살면서 그 사람과 한 차례는 더 마주칠 것 같다는 느낌, 붙잡을 모질음도 붙잡힐 안간힘도 쓰지 않을 것 같다는 느낌. 단어들은 그렇게 내 몸속에서 빠져나갔다. 기다리고 품고 헤어지고 또 한 시절을 헤매다가 처음인 양 다시 스칠 것이다. 모든 시집은 단어들의 임시 거처다.

설

익은 감자를 깨물고 너는 혀를 내밀었다 여기가 화장실이었다면 좋겠다는 표정이었다 바로 지금이었다 나는 아무도 듣길 원치 않는 비밀을 발설해버렸다 너의 시선이 분산되고 있었다 나에게로 천장으로 스르르 바깥으로

방사능이 누설되고 있었다 너의 눈빛을 기억할 시간이 얼마 남지 않았다 너는 여기가 바로 화장실이라는 듯, 바지를 내리고 시원하게 노폐물을 배설했다 노폐물은 아무런 폐도 끼치지 않지 너의 용기에 힘껏 박수라도 치고 싶었다

이 모든 일이 내년의 첫째 날에 일어났다 그날은 종일 눈이 내렸다 소문처럼 온 동네를 반나절 만에 휩싸버렸다 문득 폐가 아파와 감자를 삶기 시작했다 여기가 화장실이 아닐지도 모른다고 생각하니 말이 더 마려웠다

ㅁ**놀이**

오늘도 너는 말놀이를 한다. 재잘재잘. 도중에 말이 막히면 너는 물을 마신다. 벌컥벌컥. 그리고 너는 물놀이를 한다. 첨벙첨벙. 도중에 배가 고프면 너는 미음을 먹는다. 허겁지겁. 그리고 너는 맛놀이를 한다. 우적우적. 도중에 배가 부르면 너는 몸놀이를 한다. 폴짝폴짝. 그리고 너는 망놀이를 한다. 호시탐탐. 도중에 도둑을 잡으면 너는 멋놀이를 한다. 찰랑찰랑. 그리고 너는 무(無)놀이를 한다.

놀이를 안 하는 게 지루해지면 너는 문놀이를 한다. 찰칵찰칵. 도중에 잠이 오면 너는 몽(夢)놀이를 한다. 꿈틀꿈틀. 그리고 꿈에서 너는 말놀이를 한다. 딸깍딸깍. 말을 타는 도중에 멀미를 하면 너는 맥놀이를 한다. 두근두근. 그리고 너는 정신을 차리기 위해 먹놀이를 한다. 어푸어푸. 도중에 머리카락이 잡히면 너는 몇놀이를 한다. 십중팔구. 그리고 너는 맘놀이를 한다. 무럭무럭. 도중에 또다시 배가 고프면 너는 맘 놓고 마음을 먹는다. 거푸거푸. 그리고 너는 못놀이를 한다.

놀이를 못 하는 게 억울해서 너는 ㅁ놀이를 한다. 입(ㅁ)으로 들어가서 누군가가 ㅂ을 던져줄 때까지 나오지 않는다.

도파민*

거울이 깨진다

혼자여서, 나는 참을 수 없다
혼자가 아니라서
나는 참을 수 없다

이 현장을 산산이 부숴야겠어
이 순간을 샅샅이 뒤져야겠어

원소가 집합을 뚫고 나간다

나는 백지장 위에
까만 성을 쌓기 시작한다
너무 낮아 무너질 염려가 없는
너무 얇아 흐너질 걱정이 없는

창조는 또다른 창조를 낳지
말을 하면 할수록 할말이 더 많아져

여집합이 전체집합을 뚫고 나간다

까만 성 밖에는 네가 있다
현장에서 이탈한

순간에서 비껴간

나는 너와 커피를 마시고
너는 나와 눈빛을 나누고
나는 너 몰래 밖으로 나와 담배를 피우고
그 사이 너는 머그 속에 위스키를 한 방울 떨어뜨리지

너는 나를 도와주고
나는 너를 도와주는 척을 하고
너는 나에게 도움 받는 상상을 하고
나는 너를 도와주었다고 생각하고
우리는 서로 사이좋게
기분좋게

심장이 뛴다
스포츠카를 타고
초콜릿을 나눠 먹으며

원수를 사랑하라!
원소는 더 사랑하라!

먼눈과 가는귀가 흠칫 놀란다

우리가 가까워지려면
우리가 굵어지려면
더 큰 자극이 필요해

견고한 원소가 되려면
비대한 집합이 되려면
혼자가 되려면
혼자만 아닌 혼자가 되려면

그러다 참을 수 없으면
현장과 순간을 박차
집합을 찢어버리려면
거울을 깨뜨려버리려면

어서!
더 많은 환호를
더 많은 갈채를

너무 많은 말을 내리쏟은 것처럼
그 말을 일일이 다시 주워 담은 것처럼
머리가 아프다

깨진 거울 속

나의 조각들이 날카롭게 빛나며 외친다
아서!

* 뇌신경 세포의 흥분을 전달하는 역할을 하는 신경전달물질의 하
나다. 운동, 주의, 학습 인지, 동기부여에 영향을 주며, 부족하면
파킨슨병을, 과다하면 조울증이나 정신분열증을 일으킨다고 알려
져 있다.

Be

너는 원래
무엇이든 될 수 있었다
어디에든 있을 수 있었다

되고 싶은 건 다 되어볼 수 있었다
엄마의 자궁 안에서

너는
아침에는 팔랑거리는 커튼
낮에는 팔랑거리는 나비
저녁에는 팔랑거리는 손짓
밤에는 팔랑거리는 파랑

너는 꿈속에서도
무엇이 되어 어디에 간다
물결을 일으키며
또다시 어디에 가서 또다른 무엇이 된다

진흙탕 위에서
고양이 옆에서
소나무 아래서

너는 신분을 잊고

자격을 포기하고
　튼튼하게 뿌리를 내리며, 함께 갸릉갸릉 울다가, 홀로 초
연해진다

　어디의 위에 있다는 것
　무엇의 옆에 있다는 것
　어디의 아래에서 무엇이 된다는 것

　또다른 무엇이 된 너는 또다시 너를 간파하고 싶다

　어디의 위에서,
　무엇의 옆에서,
　누구의 아래서,
　너는 무적이 되었지만
　그 때문에 어디에 있는지 정확히 아무도 알지 못했다

　너는
　새벽에는 팔랑거리는 이슬

　어디에 가서
　무엇이 되어
　누구에게
　맺히고 싶다 단숨에

너는
어디에나 있는 모든 것이 되었다고 생각했지만,
이것은

엄마의 자궁 안에서부터
엄마의 자궁 안에서까지

그러니까
엄마의 자궁 안에서만
가능했던 이야기

너는 이 부조리를 견딜 수 없다

네 안팎을 나누는
금이 그어지기 시작하고

원래가 아닌 네가
적을 갖기 위해, 비로소
누가 되기 위해, 가까스로
태어난다, 연둣빛 나뭇잎이 되어
팔랑거리는 법을 새로 배운다,
여기에서

부조리
—단독자의 평행이론

한 층 더 올라가세요
덕분에 한층 더 어두워졌잖아요

어떤 때엔 뒤로 걷는 게 편했습니다
그림자를 밟으며, 지워가며
한 발 한 발
홀로, 소실점으로 나타나기 위해
힘없는, 막힘없는 불가능이 되기 위해

꼿꼿한 벽을 향해
꼿꼿하게 외치기도 했습니다

더 많은 숫자가 필요해
더 많은 낱말이 필요해
그것들을 기억할
더 많은 뇌가 필요해

탐하기 위해, 기어코
머루를 먹기 위해
결국
뒤로, 위로
한 층을 더 올라가고 말았습니다

미치지 마
거기에 미치지 마
거기에는 무서운 사람들이 있어
홀수 개의 눈을 가진 사람들이

그러니 미치지 마
거기에 도달하지 마
거기에 사로잡히지 마

더 많은 숫자가
많은 숫자를 밀어내버리듯 가볍게
그림자를 소실하고 말았습니다

어느 날에는
더 많은 낱말을 만들어내고 싶었습니다
더 좋아질 가능성이 있는 최상이 되고 싶었습니다

기꺼이 머루에 혀를 내주고 싶었습니다

거기에 미치기 위해
불가능처럼 설레는 맘으로
첫걸음처럼 비장하게

한 층 더 올라갔습니다
한층 더 어두워졌습니다
온몸으로 그림자가 되었습니다

내가 그만 나를 덮어버렸습니다

커버스토리

　너는 스스로를 덮어야 한다 그래야 이야기가 시작되고 밑줄이 그어진다 너의 주된 임무는 사람들이 너를 만지게 하는 것 네 등뒤로 손가락이 움직이는 걸 두려워하면 게임은 벌써 오버다 너를 더듬는 손끝의 떨림을 기억해라 그 떨림에 맞춰 파닥파닥 튀어라 끊임없이 간질임과 망설임을 즐겨라 네 몸이 달아오르게 한동안 스스로를 내버려둬라 너는 더 뜨겁고 강렬해질 수 있다 간혹 너를 쓰다듬는 사람이 있으면 기꺼이 그 품에 안겨도 된다 너는 매혹적이다 사랑스럽다 언제 어디서나 눈길을 끈다 애초에 그렇게 태어났다

　네 이름에 묻은 형광염료가 사람들을 끌어모은다 네 이름은 칭찬과 비난을 동시에 환영한다 너는 은근히 원색적이다 어제 네 덕분에 스타덤에 오른 사람이 오늘 너 때문에 나락으로 떨어졌다 네 이름 속에는 엄청난 진실과 그 엄청난 진실이 알고 보면 거짓이라는 명제가 모두 담겨 있다 너는 느꺼이 속이고 사람들은 기꺼이 네게 속는다 활자에 취한 사람들이 무심히 지갑을 여는 게 보인다 이처럼 너는 대놓고 충동적이다 네가 앞세운 S라인 몸매에 방금 또 한 명이 나가떨어졌다 이제 네게 남은 일은 단 하나; 스캔들을 내는 것

　너를 말아쥐고 거리로 나선다 너는 너를 덮으며 이야기할 권리를 스스로 박탈당한다 너는 작은 알갱이에 불과하지만 입소문 한 방이면 언제든 뻥튀기가 될 수 있다 아무도 모르는, 알고 보면 누구나 다 알 법한 이야기가 거리에 울려퍼진다 사람들이 너를 한 움큼 집어 입속에 넣고 방아를 찧기

시작한다 너는 가루가 되고 기억 속에서 서서히 소화된다 다음 시즌이 되면 너는 창고에 몸을 숨기고 온몸으로 먼지를 받아낼 것이다 그리고 내년 이맘때를 다시 노리며 슬그머니 잠들 것이다

너는 지난주에 너를 약 3만 부 팔았다 네가 또 한번 기록을 갈아치운 순간이다 이 사실이 곧 또다른 너를 만들어줄 것이다 너는 너도 모르게 너를 낳을 수 있다 너도 모르게 힘에 닿을 수 있다 네 이름은 당장 내일 아침 바뀔 예정이다 더 섹시하고 노골적으로, 마치 입때껏 아무 일도 없었던 양, 지난주의 너를 스스로 덮으며

건축

겨울에 들어서자마자

입구에서부터 벽돌이
날아왔다 붉은 벽돌이 회벽을
들이받았다 푸슬푸슬 가루가
날렸다 화약내와 함께

로코코, 로코코
내일의 화제(話題)처럼 불이 났다

나는 그제야 짓기 시작한다
표정을
표정들로 이루어진 위태로운 집을

문은 많이 만들어야 해
창문은 한껏 열어놔야 해
누군가는 분명 죄를 짓고 말 거야

1층이 창문을 열고 활짝 웃는 동안
5층은 울상을 지었다
7층이 내색하지 않았지만
8층은 알고 있었다
이 풍부한 건물이 몇 초 뒤에는

거대한 잿더미가 되리라는 것을
그것이 곧 거창한 빚더미로 불어나리라는 것을

어젯밤의 짝짓기가 불발이 되리라는 것을

4층은 모른 척하고 있었다
3층과 5층은 진짜 몰랐다
벽에 대고 사정없이 못질만 해댔다
옥상에 남겨진 낙엽들이
투신하기 직전에 서로 부둥켜안을 때

6층은 노름에 한창이었다
열기에 휩싸여
이 열기가 그 열기인 줄은 꿈에도 몰랐다

다다, 다다
애먼 문이란 문만 다 닫아버렸다

패(牌)가 도망갈 리는 없었다

불이야, 불이야!
잠자던 2층이 갑자기 고함을 질렀다
약빠른 10층이 부랴부랴 돈 될 만한 것들을 챙겼다

문은 많았지만 정작 나갈 수 있는 문은 없었다
창문은 열려 있었지만 막상 뛰어내리기엔 무서웠다

패(牌)가 도망칠 수는 없었다

9층은 폭죽처럼 힘차게 솟구쳐올랐다가
잠시 후,
폭죽처럼 힘없이 바닥으로 떨어졌다

그사이,
지하층은 새로 올 입주자를 위해
한시바삐 말을 지어내고 있었다

심층은 남몰래 꽃노래를 짓고자 했지만
겨우내
매듭은 지어지지 않았다 내년의

이름은 결국 지어지지 못했다

분더캄머*

과거는 왜 항상 부끄러운가?
미래는 왜 항상 불투명한가?

방문을 열면
얼굴이 화끈
배 속이 발끈

허기를 참지 못하고 또다시
너를, 너희들을 소환한다 오늘

누구나 소유할 수 있지만,
아무나 소유하지는 않는

새로운 친구가 왔단다

너희들은 서로 인사를 하지 않는다
지분을 배정받은 공유자처럼
묵묵하고 꿋꿋하다
우정 따위의 지나친 욕심은 부리지 않는다

너희들이 더 많아질수록
너희들이 더 다양해질수록
나는 더 작아지고 적어진다

재능이 넘치면 노력이 부족해
시작이 창대하면 끝이 미약해

어떤 경지에 오르려다
어떤 지경에 이를 수도 있지

현재는 왜 항상 불완전한가?

배 속을 다 채우면
나는 예정대로 구역질을 한다
신물나는 완벽함을 향해

빛나가면서 빗나갈 때
뒤쳐지면서 뒤처질 때

놀랍게도
나는 방 안에서 놀라워진다
내 방을 누가 들여다볼까봐
밖에 나가기가 두려워진다

눈을 감아도 네가 보인다
너희들이 빤히 보인다

아, 대체 나는 어디에 발을 들였단 말인가
내 앞에 도래하는
백지상태의 내일 앞에서,
새로운 친구같이 어색하기만 한 나는

* 독일어로 '놀라운 것들의 방'이라는 뜻. 카메라가 발명되기 전,
특별한 순간을 기억하고 싶어 사람들은 자신들의 방에 물건을 수
집하기 시작했는데, 이러한 방은 '분더캄머(Wunderkammer)'라는
이름으로 불렸다.

발아래

작은 것들이 있었다
차마 눈뜨고는 볼 수 없는

구리로 만든 동전 몇 닢, 검은 거, 검같이 날카로운 거, 껌
같이 집요한 거, 투명한 너, 더, 투명한 거, 그림자같이 끈덕
진 거, 그림자처럼 달라붙어 아득바득 꿈틀대는 거, 닳아빠
진 신발 밑창을 애타게 두드리는 거, 내 영혼을 거덜내려고
아주 작정한 거, 작정한 듯 구린 거, 잠적하듯 수상한 거, 넌
덜머리가 나는 거, 더 머리가 아픈 거, 버젓이 행세하는 거,
수상하게 빛나는 거, 빛나면서 불투명해지는 거, 불투명하
게 수상해지는 거, 어머, 차마 더 작은 거, 너

구리로 만든 거, 발을 살짝 들면 다시 살아날까 두려운
거, 다시 달아날까 두려운 거, 납작 엎드려 있다가 폴짝 뛰
어오르는 거, 동전처럼 스프링처럼 튀어오르는 거, 금속 냄
새가 폴폴 풍기는 거, 더러 검은 거보다 더 더러운 거, 발아
래 있었지만 정작 발로 가릴 수는 없는 거, 꾸역꾸역 피어오
르는 거, 어떻게든 발생하는 거, 가까스로 진화하는 거, 잠
시도 가만있지 못하는 거, 사랑받다가 거짓말처럼 쓸모없어
진 거, 풍부하다가 빈곤한 거, 침묵처럼 현장에선 환영받지
못하는 거, 그

발아래,

세상을 빛내겠다는 일념으로
세상모르게 자고 있는 손위

부조리
—육식과 피학

　너는 그를 원했다. 길들이고 싶었다. 거둬들이고 싶었다. 너는 뒤춤에 감춰두었던 당근과 채찍을 야심차게 꺼내들었다. 네가 면전에 대고 당근을 시계추처럼 흔들자 참다못한 그가 말했다. 나는 육식주의자야. 5년 후, 너는 괴혈병에 걸려 잇몸에서 피가 나게 된다. 정신을 차린 너는 채찍을 휘두르려고 폼을 잡았다. 채찍이 쩍쩍 공기를 가르자 참을성 없는 그가 말했다. 나는 마조히스트야. 10년 후, 너는 정부로부터 피 같은 봉급을 받게 된다. 네 입이 뒤춤처럼 부끄럽게 씰룩거렸다. 너는 할말을 잃고 탈 말을 거두었다. 당근과 채찍을 길바닥에 버리며 길든 상태로 비로소 길에 들었다. 20년 후, 너는 누구의 마음속에도 남아 있지 않게 된다. 온종일 미아역에서 헤매듯 노래 부르게 된다. 그가 된 너는 지하철에 올라타는 사람들의 뒷모습을 바라보며 쩝쩝 입맛을 다시게 된다. 바람을 휙휙 가르며 거대한 인공 초원을 달리게 된다. 온몸으로 피를 부르게 된다.

사우나

지금 안쪽에서는 무슨 일이 벌어지고 있는가 문고리를 잡
는 순간, 심장이 후끈후끈 달아오른다 싸울 것도 아닌데 왜
주먹을 쥐는가 맞아죽을 것도 아닌데 왜 흘끔흘끔 눈치를
보는가 첫날밤도 아니면서 왜 수줍어 어쩔 줄을 모르는가
발가벗은 사람들이 제각기 육질을 뽐내며 달구어진 나무 위
에 앉아 있다 레슬링을 할 작정인가 기름 뺀 고기가 더 맛이
있는가 배에 힘을 주면 조금 덜 추해 보이는가

드라마에서나 보던 사람이 새로운 육질을 선보이며 들어
온다 왜 저 사람은 옷을 다 벗지도 않고 들어오는가 여의주
는 왜 항상 용의 아가리에 물려 있는가 우리는 왜 '차카게'
살지 않으면 안 되는가 고기가 적당히 익을 때쯤이면, 땀을
빼는지 살을 빼는지 독소를 빼는지 알 수가 없다 어제 마신
술이 독하다고 생각되는가 부쩍 나이가 들었다고 느끼는가
여기 어디 왕년 없는 사람도 있는가

아무래도 기 싸움이 쉽게 끝날 것 같지 않다 나보다 먼저
와 있던 저 사람은 왜 여태 멀쩡한가 굴러온 돌이 박힌 돌을
빼면 안 되는가 피로를 풀려고 왔는데 왜 피로가 더 쌓이는
가 배에 힘을 주고 있던 한 사람이 급기야 방귀를 뿜어버린
다 순간, 용이 꿈틀거리는 것을 보았는가 고기에 풍미가 더
해질지도 모른다는 생각이 들지 않는가 방귀 뀐 사람은 따
로 있는데, 왜 하필 내가 김이 팍 새는가

진실게임이 시작되고, 누군가 머리를 긁적이며 슬그머니 자리를 뜬다 뭘 잘했다고 병든 코끼리처럼 뚜벅뚜벅 걸어나가는가 뭘 잘못했다고 병든 낙타처럼 등을 푹 수그리고 걸어나가는가 밖에 나간다고 해서 인생이 좀 펴질 것 같은가 자신의 몸을 볼 때조차 침이 고이는 것은 고기가 잘 익었다는 신호다 아직 몸이 쓸 만하다는 사실에 흡족한가 식욕과 살맛은 어떻게 같고 다른가 그런데 왜 우리는 항상 웰던(well-done)을 추구하는가 상사의 까다로운 미각을 충족시키기 위함인가

고기가 잘 익은 후에는 기름기를 쫙 빼줘야 한다 온도계를 보며 고해성사를 하면 되는가 대체 어떤 중죄를 지었기에 90도 반성을 하는가 자신이 무슨 벼라도 된 줄 아는가 접시에 실려 바깥쪽에 나오는 순간, 어떤 기분이 드는가 새로 태어난 것 같은가 숙성 과정인지 성숙 과정인지 아직도 헷갈리는가 어디로 가야 할지 난감해하면 안 된다 세계가 당신을 삼킬 시간이 얼마 남지 않았다

믿지 못하겠는가 꿈인지 생시인지 알고 싶으면 나이프로 몸을 좀 찔러봐라 피가 나오는가 육즙이라 생각하고 참아라 몸이 찢어질 듯 아픈가 성장이라 생각하고 견뎌라 정 참기 힘들면 냉탕에 과감히 몸을 투척해야 한다 은근히 청결

을 따지는 고객들이 있다 이제야 좀 살 것 같은가 똥밭에 굴러도 이승이 좋은가 안쪽에 대한 그리움이 슬슬 되살아나는가 우리의 몸이 그렇게까지 달아오를 수 있는지 처음 알았는가 잃었던 열정이 새록새록 피어오르는가 행복이 이렇게 사소해도 되는가

침

네 입은 정말 놀라워. 오늘도 온종일 아스팔트를 수놓았잖니. 네 몸속에서 그렇게 하얀 것이 나올 줄이야. 난 네가 더럽고 추악한 인간인 줄로만 알았는데.

너의 뱉기 능력은 탁월해. 아무도 너만큼 멀리 내뱉지 못할 거야. 입을 열 때 흡사 넌 투사처럼 보여. 네 입에서 발사된 것들은 결코 포물선을 그리는 법이 없지. 너는 가차없지만 가래는 있으니까. 스스로 많이 기쁘고 이 땅을 조금 오염시킬 뿐이지.

"끈적끈적해." 너는 뱉고 말하고 혀로 입술을 훔친다. 너의 입자들은 결코 흩어지는 법이 없어. 유통기한이 지난 우유처럼 응집력이 대단해. 너는 네가 한 짓에 대해 잠깐 우쭐해지기도 해. 그러곤 주머니에 손을 찔러넣고 휘파람을 불며 거리를 활보하지. 아무 일도 없었다는 듯

너의 입자들은 아스팔트 속으로 스며들어. 누군가의 발바닥이 자신들의 일부를 떼갈까 걱정하면서.

너의 공장은 문을 닫는 법이 없지. 너는 오늘도 부지런히 입을 놀리고 있어. 피자와 스테이크, 비빔밥과 회전초밥까지 너의 입은 대륙을 가로질러. 유혹은 끝이 없어서 너는 끊임없이 흘릴 수밖에 없지. 그깟 소화를 위해 공장장을 포도

당의 열혈 당원으로 만들었잖니.

　돈을 세기 위해, 논쟁에서 승리하기 위해, 자랑을 하기 위해, 탐을 내기 위해 너는 또다시 입을 벌린다. 손끝에 묻히고, 상대의 면전에 튀기고, 말에 발라 꿀을 만들고, 질질 흘리며 호감을 표시하기도 하지. 너는 마르지 않는 샘처럼 온종일 정신없어. 종이 울리기도 전에 개가 되어 입을 열고 혈떡거리지.

　지난 몇십 년간 너는 도처에 너를 뿌리고 다녔어. 공장 문을 열듯 헤프게 입을 열었지. 때때로 증거 인멸을 위해 구두 밑창을 비벼대기도 했을 거야. 벌금을 물고 비로소 삼키는 법을 배웠을지도 모르지. 너의 흔적을 한번 떠올려봐. 이 도시 어딘가, 전봇대 밑이나 쓰레기통 부근, 혹은 파트너의 입 안에 고여 있을 너의 공장 폐기물들을.

　아직도 입맛이 도니?

부조리
─명제에 담긴 취향

명색이 삼월의 햇살은,
따사로워야 한다
벚꽃은 익살맞게 한껏 흐드러져야 한다
새싹들은 느티나무의 꿈을 안고 태어나야 하고
바람은 살랑거리며 코끝을 간질여야 한다
그래야 고객들이 만족한다

자고로 벚꽃은,
소리소문 없이 우리 곁을 떠나야 한다
절정 다음에는 아무것도 없어야 한다
그래야 고객들이 아쉬워한다
자신들의 게으름과 인생무상을 같은 선상에 두고
비로소 미움에 승부를 걸 수 있게 된다
미워 언제 졌지?
언제 미워졌지?
단어의 선택과 배치는 더 자유로워야 한다
그래야만 고객들이 만족한다

인생의 덧없음을 몸으로,
인생은 덧만 없는 게 아니라
멋이나 벗 같은 것도 없다는 사실을
맘으로, 깨우쳐야 한다 삼월에는
절절히 황사가 날리고 시시로 산성비가 쏟아지므로,

꽃구경 후에 하는 식사는
응당 근사해야 한다
매운탕은 칼칼해야 한다
밥은 고슬고슬해야 한다
다음의 두 문장은 몇 번이고 반복되어도 좋다
고객들의 입맛은 까다로워야 한다
고객들은 입맛이 까다로워야 한다

어떤 명제는 계절이 바뀌면 효력을 잃는다
그리고 어떤 계절에는 이 명제가 거짓이어야 한다
따사롭다는 말은 꼭 필요할 때만 써야 한다
익살은 필요하지 않을 때조차 부리려 애써야 한다
영원이나 죽음처럼
언어의 밀도를 최대한 낮추어야 한다
내가 들어갈 여백을 최대한 넓혀놔야 한다
내가 들어갈 관은 내가 짜야 한다

다음 계절에 명제는 더 까다로워져야 한다
고객들의 입맛처럼, 한창 쇼핑을 하던 중
아득한 이의 부고를 들은 직후의 마음가짐처럼,

어떤 감정은 더 집요해져야 한다

그리고 테이블에 둘러앉아
일제히 메뉴판을 노려보는 고객들의 눈빛

사월은 언제나 되거나 질어야 한다

야누스

얼음이 녹는 건 슬픈 일
얼음이 녹지 않는 건 무서운 일

어떻게든 살기 위해
남몰래
천천히 녹는다

면접

이름이 뭔가요?
전공은 뭐였지요?
고향에서 죽 자라났나요?

여기에 쓰여 있는 게 전부 사실입니까?

질문만 있고 답이 없는 곳에 다녀왔다

서 있어도
앉아 있는 사람들보다 작았다

가장 많이 떠들었는데도
듣는 사람들보다 귀가 아팠다

눈사람처럼 하나의 표정만 짓고 있었다
낙엽처럼 하나의 방향만 갖고 있었다

삼십여 년 뒤,
답이 안 나오는 공간에서
정확히 똑같은 질문을 던지기 위해

녹지 않았다
순순히 떨어지지 않았다

교양인을 이해하기 위하여

아침입니다. 오늘은 어떤 머리를 쓰면 좋을지 잠시 머리를 씁니다. 중요한 강의와 회의가 여러 건 있으니 저 머리를 써야겠군요. 잠자리용 머리를 벗어두고 그 머리를 착용합니다. 하루가 시작된 게 몸소 느껴지는군요. 평소보다 늙어 보인다구요? 저는 평소란 게 없습니다. 인상이 전체적으로 어두워 보인다구요? 이 머리를 쓰면 웃을 일이 거의 없습니다.

나를 알아보는 학생들이 웃으며 인사합니다. 나는 웃지 않고 고개만 까딱 숙입니다. 나는 위엄을 잃지 않으면서도 예의를 차릴 줄 아는 사람이지요. 이 머리가 날 그렇게 만듭니다. 생각하는 동물들은 응당 그래야 한다고 생각합니다. 저 머리를 쓴 친구는 참 마음에 들어요. 날 존경하는 게 느껴진다고나 할까요. 쟤는 시험 보는 날만 꼭 거창한 머리를 쓰고 옵니다. 답안지는 더 거창하지요.

퇴근 후, 머리를 벗어 선반에 고이 모셔둡니다. 목에 잠복해 있던 스프링이 불쑥 피어납니다. 하녀가 후다닥 뛰어와서 실내용 머리를 씌워줍니다. 주름살과 콧수염은 빛보다 더 빨리 늘어나는군요. 도무지 청산이 불가능해요. 식염수에 눈알을 세척하고 스프레이로 콧구멍을 살균합니다. 오늘은 너무 많은 사람들을 만났습니다. 머리가 다 어지러울 지경입니다.

누군가 초인종을 누르는 소리가 들립니다. 실내용 머리를 벗어야겠습니다. 선반에 진열된 머리들 중 하나를 골라 쓰고 손님을 맞이합니다. IQ가 15 떨어지는 대신, EQ가 30 상승합니다. 당신은 우아하군요. 오늘따라 유독 재킷이 잘 어울리는군요. 아이들은 어쩌나 이렇게도 사랑스러울까요. 이 머리만 쓰면 자동적으로 거짓말들이 줄줄 쏟아져나옵니다. 교양이 터졌다고 할까요.

하녀가 쿠키와 차를 내오고 우리는 대화에 몰두합니다. 가든파티에는 가실 건가요? 주식은 오늘 또 바닥을 쳤더군요. 다음달 품위는 또 어떻게 유지해야 할지 걱정이에요. 말을 마치고 우리는 웃습니다. 사이좋게 고양되고 교양됩니다. 이상하게 이 머리만 쓰면 미소가 절로 나옵니다. 차 맛이 쓰군요. 쿠키가 목구멍에 걸린 것 같아요. 재채기를 하며 어색하게 또 한번 웃습니다. 실내용 머리는 어느새 조금 늙었습니다.

창밖으로 낯익은 머리가 지나갑니다. 언젠가 봤던 머린데 기억이 잘 나지 않는군요. 우리 어디선가 만났던가요? 아, 저 머리에는 텔레파시가 가닿지 않는 모양이네요. 손님들에게 말합니다. 아쉽지만 오늘 대화는 이걸로 끝이에요. 교양이 다 터져서 외출을 해야겠습니다. 당장 당신을 만나야겠

어요. 그런데 어떤 머리를 써야 당신이 나를 알아볼까요. 일
렬로 늘어선 머리들이 자기를 골라달라고 사정없이 달그락
거리는군요.

　머리 하나를 쓰고 거리를 거닐다 누군가와 부딪치고 맙니
다. 성난 머리가 말합니다. 거, 머리 좀 조심하쇼. 여기 어디
에 거머리가 있다고요? 당신은 나를 이해하지 못하는군요.
성난 머리에선 이미 연기가 나고 있습니다. 나는 사람을 찾
는 중이었습니다. 머리 하나가 지나갔을 텐데, 혹시 못 보셨
나요? 제가 딱 좋아하는 스타일이었는데. 수많은 머리들이
휩쓸고 간 수많은 자취들을 따라가자니, 머리가 터질 지경
입니다. 고장난 나침반처럼 빙빙 회전하는 머리를, 도무지
어찌할 수가 없습니다.

추잉검

주로 심심할 때 먹습니다. 보통 물리 시간에는 두 개, 수학 시간에는 세 개. 체육 시간에 먹으면 버리기 좋아요. 음악 시간에는 가급적 먹지 마세요. 고음 부분에서 숨넘어갈 수도 있으니까요.

선생님이나 좋아하는 사람을 무서워해요. 좋아하는 선생님이라면 아, 아찔합니다. 어쩌겠어요. 꿀꺽 삼켜버려야지요. 구멍난 어금니에 숨길 수도 있지만 어쩐지 비겁해 보이잖아요.

화가 나는 날에는 턱이 아플 때까지 씹습니다. 입에서 아카시아 향이 모락모락 피어나는 꼴을 보고야 말겠어요. 동구 밖 과수원 길에 왔다는 착각에 빠지게 해주겠어요.

가끔 들키지 않기 위해 먹을 때도 있어요. 양볼을 오무락거리며 속으로 말하죠. 마늘이 들어간 음식은 자제했어요. 술은 절대 입에 대지도 않았고요. 긴장한 건 아녜요. 키스하고 싶은 건 더더욱 아니래도요!

입천장에 짝짝 달라붙는 말들을 기억해요?
입맛을 짝짝 다시며
입을 짝짝 벌려보세요.
입아귀에 주름을 짝짝 그으며

입술로 짝짝 박수를 치는 겁니다.
혓바닥이 짝짝 갈라질 때까지
입방정 좀 같이 떨어봐요.

아, 입안에 쏟아지는
쫄깃쫄깃한 가뭄의 단비!

저작(咀嚼)의 비법은 묻지 말아요. 풍선이 되어 날아가버
릴 거예요. 면도날처럼 잔뜩 납작해져 기생충과 접선하겠어
요. 수틀리면 지우개처럼 굳겠습니다. 혹시라도 당신의 기
억을 모두 지워버린다면?

그래도 씹는 수밖에요.

우리는 심심하거나
화가 나 있고
비밀이 드러날까봐 언제나 두렵잖아요.

순간을 부풀리기 위해
배 터지기 직전의 개구리처럼
능동적으로 씹어먹을 뿐인걸요.

세미나

K는 언제나 S의 편을 든다 Y는 그게 불만이지만 2:1을 당해낼 재간이 없다 S는 이름만 알고도 폼 잡을 수 있다 K는 언제든 맞장구칠 만반의 준비가 되어 있다 Y는 턱을 괴고 호시탐탐 S의 껍데기를 벗겨낼 궁리를 한다 Y는 S의 속에 물만 가득차 있을 거라고 확신한다 K가 이상하다는 듯 고개를 갸울인다 속물 하나가 속물 둘을 가만히 응시하고 있다 환장할 노릇이다

S는 마르크스라면 환장한다 K는 돈 주고 『자본론』을 사 읽었고 그중 몇 구절은 유창하게 외울 수도 있다 Y는 S의 웅변이 궤변처럼 들린다 S의 말머리에 마가 낄 징조라도 보이면, Y는 유기농식품에 영혼을 판 엄마와 도에 심취한 동생을 떠올린다 Y는 까놓고 얘기하는 스타일은 아니지만, 그 대상이 S의 허물이라면 얘기는 달라진다 둘을 지켜보던 K가 자기도 모르게 있는 힘껏 소리를 내지른다

여기는 운동장이 아니다 데시벨이 모든 걸 해결해주지 않는다 그럼에도 K의 행동은 명령만큼이나 위력적인 의견으로 접수되었다 S가 입을 닫고 K의 팔이 책상 밑으로 수줍게 숨는다 Y는 어색한 듯 머리를 긁적인다 머리라도 두 개였으면 긁적이는 데 좀 덜 불편했을 것이다 땀띠에서 땀이 흐른다 발톱에서 톱질 소리가 들린다 한동안 여섯 개의 초점은 한데로 모이지 않는다

세미나가 끝났다 다음번에도 그들은 같잖은 것들에 대해서는 함구하기로 한다 바다에 대해서, 공기에 대해서 그리

고 하늘에 대해서 그들은 각자 다른 데를 바라보며 담배를 나눠 피운다 그들의 결속은 담배 연기만큼이나 불안정하다 그저 사방으로 팔방으로 멀리멀리 퍼져나간다 그러나 그들은 결국 한곳으로 모이게 된다 쓰레기통으로 골목으로 회사나 사회로 옹기종기 끼리끼리

저 멀리 수학 문제 하나 더 맞히기 위해 입시생들이 갈 길을 재촉하고 있다 은행 썩는 냄새가 일대에 진동한다 S는 K의 발을, K는 Y의 발을, Y는 S의 발을 노려본다 여섯 개의 발끝은 당당할 정도로 꼿꼿이 서 있다 동시에 하늘은 지난주 오늘만큼이나 드높고 시퍼렇다 딱 같잖지 않을 정도로

팀

일 분 안에 달아올랐다가
일 초 만에 등을 돌린다
일분일초가 아쉬운 역사

그러나 영원하지 않다
순간만이 영원하다
영원히 순간만이 있을 뿐이다

국기가 올라간다
국가가 울려퍼진다

이마를 맞대고
눈에 쌍심지를 켜고
네 손등 위에 내 손바닥을 포개고
우리는 굳은살처럼 단단해진다
사이좋게

눈 밖에 나지 않기 위해서
눈빛은 언제나 강렬해야 한다

일 분 만에 얻은 기회가
일 초 안에 기포가 된다
일분일초가 아득한 역사

그러나 기억하지 않는다
단지 나만 기억한다
기억의 중심엔 나만 있을 뿐이다
어김없이

한쪽은 이기고
다른 한쪽은 졌다
입냄새에는 땀냄새로 응수한다
사이좋게

두 팔을 올리고
침을 뱉는다
국기가 내려간다
국가가 들어설 공간은 없다

출구에서는 너도나도
안녕, 안녕

구현되는 뿔뿔이 민주주의

부르주아

우리는 성(姓)이 없다. 우리는 단독이면서 여럿이다. 우리는 모피코트와 스포츠카로 사람들을 기죽인다. 우리에겐 아우라가 무기다. 총칼을 빼들 하등의 이유가 없다. 펜은 수표에 서명할 때나 필요한 것이다. 우리는 그저 파이프를 물고 얼음이 든 스카치나 마시면 된다. 그게 우리의 포즈다.

우리에게 성(性)은 중요치 않다. 우리는 혈관을 열지 않아도 상대의 푸른 피*를 감지할 수 있다. 이래뵈도 우리는 고상한 구석이 있다. 우리는 파티를 열고 정중하게 인사를 나눈다. 칵테일 새우를 허겁지겁 먹다가도 왈츠곡이 흘러나오면 기막힌 스텝을 선보일 수 있다. 그게 우리의 능력이다.

우리는 여간해선 성을 내지 않는다. 우리는 하인을 시켜 소리소문 없이 일을 처리한다. 난롯가에 앉아 뼈다귀 던지듯 돈다발만 던지면 되는 것이다. 우리는 우리 편에게만큼은 집요할 정도로 너그럽다. 이것이 우리가 세력을 확장하는 방식이다. 그동안 우리는 많이 벌고 많이 쓰면 된다. 그게 우리의 규칙이다.

우리는 속된 말로 성스럽다. 우리는 성과 속 사이에서 아슬아슬하게 줄타기를 한다. 세상이 돌아가는 원리에 따라 우리는 돈을 투자하고 기도를 한다. 우리는 언제든 치고 빠질 준비가 되어 있다. 우리는 우리가 지닌 은밀한 매력을 자랑스럽게 생각한다.** 그렇게 우리는 가닿지 못할 가능성으로, 가당치 않은 불가능성으로 남는다. 그게 바로 우리다.

  우리는 너무도 떳떳해서
  더이상 성(城) 안에 살지 않는다.

* '푸른 피(blue blood)'란 단어는 귀족의 혈통이나 부유한 명문 집안의 사람들을 일컫는 데 사용된다.
** 루이스 부뉴엘의 영화 〈부르주아의 은밀한 매력〉에서 인용.

스크랩북

오전에는 패션지에 실린 너를 오린다 너는 앉아 있지만 나는 모가지에서 너를 싹둑 자른다 스모키 화장을 한 네 얼굴이 마음에 든다 얼굴 없는 네가 의자에 앉아 사방을 두리번거린다

오후에는 신문에 나온 너를 오린다 너는 서 있지만 나는 눈 딱 감고 네 허리를 쳐내버린다 너의 상체는 내가 탐할 만큼 매력적이지 않다 네 반쪽이 방금 3면에서 사라졌다

네 가슴을 구하기 위해 나는 성형외과에 간다 성형외과에는 빵빵한 가슴들이 많다 나는 포스터를 훑고 맘에 든 가슴 한 쌍을 오린다 조만간 너는 더 완벽하게 태어날 것이다

집에 와서 너의 부위들을 잇대기 시작한다 조각난 하루도 이어붙인다 패션지에 실린 너의 얼굴과 신문에 나온 네 하체 사이에 너의 새 가슴을 이식한다 너는 전보다 더 자신만만해졌다

수술을 마친 너를 분쇄기에 넣고 재생 버튼을 누른다 너의 육체가 국수 면발처럼 뽑혀 나온다 나는 너를 파괴하고 창조하고 다시 파괴할 권리가 있다 스모키 화장을 한 네 눈에 방금 잿빛 눈물이 맺혔다

조각난 너를 가지고 폭죽을 만들겠다 너는 하늘로 솟구쳐 올랐다가 나를 향해 무서운 속도로 떨어질 것이다 두 팔을 활짝 벌려 너를 안아주겠다 열리지 않는 책이 되어 너를 내 가슴에 품고 있겠다 신인가수가 깜짝 데뷔해 내 취향을 바꾸어놓을 내일모레까지는

스케치북

뚜껑을 열면 뽀얀 너의 얼굴이 튀어나온다 나는 나의 부분을 들어 너의 전체를 쓰다듬는다 너는 하얗다 과분하다 아득할 정도로

뿌루퉁한 크레파스를 꺼내 너를 조준한다 네 얼굴이 더욱 하얗게 질린다 너의 부분에 먹칠을 해주겠다 너의 전체에 본때를 보여주겠다

너의 얼굴에 대고
빨간 동그라미를 그린다

네 입에 달콤한 사과를 물린다 커다랗고 하얀 이가 덥석 사과를 문다 사과는 본분에 충실하다 먹음직스럽다 아찔할 정도로

내 손이 군침을 대신 흘린다 기꺼이 나는 너의 부분이 된다 너의 이가 너의 목구멍으로 책임을 떠넘길 때까지 사과가 전체처럼 아득해질 때까지

내 묘사가 그 누구의 동의도 구하지 못할 때까지
나는 손끝으로 끊임없이 너를 건드린다

래트맨(Ratman)

(세상은 줄곧 나를 가지고 실험을 해왔지만……)

나는 얼마나 끈질긴가.

유사 이래, 쥐도 새도 모르게 행해지던 작전은 번번이 실패하였다. 언제나 나가떨어지는 쪽은 새였으니까. 실험이 끝나면 나는 적 많은 무적이 되어 있었다.

퍽 싱거운 인생이라고 할지도 모르겠다.

독 안에 들 때도 있었지만, 그 독이 얼마나 넓고 청결한지는 아무도 몰랐지. 마치 세상의 모든 고양이들이 내 생각만 해주는 것 같았으니까.

알다시피 볕은 쥐구멍에만 들었다. 나는 구멍을 활짝 열어 선탠을 하기도 했다. 그러니

얼마나 독한가, 나는

고양이를 만나도 겁을 먹지 않았다. 쥐 잡듯 고양이를 잡았다. 쥐가 쥐꼬리를 물고, 쥐꼬리만한 월급을 물고 달아나는 것은 다 옛날 일이지.

나는 질적으로는 열세였지만, 양적으로는 우세였다. 새 편이었던 사람들이 모두 내게 붙었으니까. 나는 새 편을 얻은 것이다. 확실히 그들은 흐름을 안다. 큰 그림을 볼 줄 안다. 아, 고양이가 쥐에게 쥐여주는 권력은 얼마나 달콤한가! 나는 독사같이 더 커지고 독주같이 더 즐거워진다. 독종같이 더 빳빳해진다.

이제 남겨진 것은
쥐 뜯어먹은 것 같은 세상.

나는 이 세상을 쥐락펴락한다. 너희들을 가두고(쥐Lock), 너희들을 흔들고(쥐Rock), 급기야 너희들을 기쁘게 한다(쥐樂). 벼락처럼, 필요악처럼.

쥐 죽은 듯 조용해져
우리는 이제 사이좋게 쥐가 난다.
우리에서 나는 빠져 있다.
무리에서 나는 이탈해 있다.

그래도 된다. 그때만큼은
세상의 중심이 내가 되는 거 같으니까.
뒷걸음치다가 쥐라도 잡을 수 있을 거 같으니까.

누가 흘리고 간 치즈라도 어디 없나 고개를 갸웃거린다. ㅡ
더 크고 더 즐겁고 더 빤빤한
캣우먼(Catwoman)이 나타나자
우리는 판을 깨고
쥐대기로 모여 쥐걸음을 친다. 다리에서
쥐가 놀기 시작하는 것이다.

푸념이 끝나자 나는 적 많은 유적이 되어 있었다.
저 세상이 성큼, 내 앞으로 다가왔다. 까마귀 난다. 쥐落.

인과율

그는 어기기 위해 약속을 하는 사람

설거지를 하기 위해 밥을 안치는 사람
태어나기 위해 죽기로 마음먹은 사람
높은 자리에 오르기 위해 낮은 자리에 임하는 사람

내공을 쌓기 위해 욕먹는 사람
명성을 쌓기 위해 욕보는 사람

웃기 위해 섣불리 희극을 보는 사람
울기 위해 스스로 비극이 되는 사람
극이 되기 위해 기꺼이 삶을 선택한 사람

살기 위해 순순히 입을 여는 사람
살기 위해 꿋꿋이 입을 다무는 사람
살기 위해 묵묵히 입을 채우는 사람
어떻게든 입만이라도
살기 위해 입을 맞추는 사람, 모으는 사람

천군만마를 얻기 위해 천 번의 거짓말과 만 번의 고자질
을 하는 사람
이런 파렴치한 사람을 고발하기 위해 십만 번 넘게 창문
을 두드리는 사람

그 전에 이미
창문을 열기 위해 창문을 닫은 사람
소문을 퍼뜨리기 위해 창문을 여는 사람
소문이 새나가는 것을 막기 위해 창문을 닫아버리는 사람

여기를 잊지 않기 위해 여기를 등지기로 마음먹은 사람

그후에 벌써
받기 위해 무언가를 베푸는 사람
칭찬과 상과 돈을 받기 위해
선행과 재능과 호의를 베푸는 사람

절정에 오르기 위해 몸을 혹사시키는 사람
42,195명의 환호를 받기 위해 42.195km를 쉬지 않고 달
리는 사람
힘이 되기 위해 힘을 다 써버리는 사람

극이 되기 위해 기꺼이 죽음에 선택된 사람
얼어붙기 위해 쓸쓸해지는 사람
녹아 흐르기 위해 얼음이 되는 사람

약속 하나를 하기 위해 약속 하나를 취소하는 사람

저 하나를 위해 이 하나를
잊는 사람, 버리는 사람, 잊어버리는 사람

소싯적에 했던 약속처럼 까마아득해지는 사람
그 약속을 지키기 위해

다시 처음부터 쓰기 시작하는 사람
또다시 마지막부터 기억을 지우는 사람

지구를 지켜라

엄마, 왜 여태 일기를 쓰고 있나요
오늘도 온종일 집에만 있었잖아요

누나, 구인광고 좀 그만 들여다봐
사람을 구한다잖아, 사람을!

당신, 가발 좀 항상 쓰고 있어요
이미 집 안은 충분히 밝다고요

할머니, 묵상 좀 그만하실 수 없어요?
어차피 눈 떠도 캄캄하긴 매한가지잖아요

며늘애야, 이 마당에 소고기나 굽는 게 말이 되니
돈 안 들이고 미치는 방법도 많이 있단다

여보, 문에 자물통 좀 그만 채워요
내 미모를 탐낼 사람은 이제 아무도 없다니까요

아들아, 뭔 놈의 지구를 지킨다고 그리도 호들갑이니
설거짓감이 저렇게 산더미처럼 쌓여 있는데

육식주의자

나들이 외딴 산장에 나들이하러 왔습니다. 나들은 나들만 압니다. 산장 앞에서, 나들은 외따롭습니다. 언제나 나들의 입만 중요합니다. 식성이 비슷하다는 사실만이 단독자인 나를 나들로 한데 묶어줍니다. 공기가 좋으니 나들은 불쑥 고기 생각이 납니다. 사실은 매일매시매분매초 그렇습니다. 그릴을 달구며 목을 풉니다. 그릴 위에서, 스릴은 만점입니다. 그릴 옆에서, 나들은 방정입니다. 목마른 자가 우물을 파고 목 타는 자가 그 우물물을 냅다 마셔버리듯, 나들은 지금 야단이 났습니다. 개떡과 찰떡은 입에서 만나 비로소 개찰구가 됩니다. 이것만 목에 넘기면 이제 저것들을 거머먹을 수 있습니다. 사람이 사람 좋아하는 데 이유가 없듯, 동물이 동물 좋아하는 데에도 이유가 없습니다. 그냥 당깁니다. 이상하게 먹으면 먹을수록 더 당깁니다. 사람이 사람 잡아먹는 시대가 오면 어떡할 거냐고요? 싸워야지요. 싸워서 이겨야지요. 산 사람은 어떻게든 살아야 하니까요. 목이 빠진 자가 하염없이 기다리고 목이 아직 붙어 있는 자가 먹을 것을 찾아 헤매듯, 나들은 지금 갈급이 났습니다. 나들이 원하는 것은 오로지 적색 섬유와 백색 섬유뿐입니다. 회쳐먹다가 회쳐지느니 나들은 차라리 고기를 해치우겠습니다. 모름지기 붉은색을 먹어야 피가 돈다고 하잖아요. 흰색을 먹어야 피부가 보송보송해진다고 하잖아요. 산장의 저녁에 붉은 해가 하얗게 떨어집니다. 나들의 발등에는 불이 떨어집니다. 호모에렉투스로서, 나들은 불을 이용할 겁니다.

호모파베르로서, 나들은 도구를 다룰 겁니다. 호모사피엔스로서, 나들은 어떻게 요리할지 생각할 겁니다. 호모루덴스로서, 나들은 어떻게 하면 즐겁게 요리할 수 있을지 생각할 겁니다. 호모로퀜스로서, 나들은 입을 모아 "맛있다"고 쾌재를 부를 겁니다. 마블링처럼 서로 얼싸안을 겁니다. 여기저기서 익는 소리가 들려옵니다. 지글지글은 나들을 현혹하는 의성어로 부족함이 없습니다. 사방팔방에서 배를 자극합니다. 몸 둘 바는 알겠는데 맘 둘 바를 모르겠어요. 너무 많은 고기들이 있다니까요! 너무 많은 부위들이 서로 잘났다며 너무나 많은 색깔들과 너무너무 많은 육질들을 선보이고 있다니까요! 확실히 만유인력의 법칙은 동물들끼리만 적용되는 모양입니다. 목이 붙어 있어도 배가 고프고 목에 칼이 들어와도 배가 고프고 목이 달랑달랑해도 배가 고프고 심지어 목이 날아가도 나들은 배고플 겁니다. 나들은 시방 굶주렸어요. 시종 목말랐어요. 배 채우기 위해 애를 쓰다가 다급해지면 애를 먹을 수도 있어요. 마침내 애는 펄펄 끓고 나들의 이마에는 땀방울이 송골송골 맺힐 겁니다. 그릴 위의 고기는 대체 언제 또 웅크릴까요? 배가 고프면 이처럼 참을성이 바닥납니다. 머릿속으로 내가 구사할 수 있는 욕의 가짓수를 헤아리다 나도 모르게, 나도 모르는 욕이 나왔습니다. 그 서슬에 놀란 고기가 핏기와 순수함을 잃어버렸습니다. 우리의 눈알과 손끝이 사정없이 바빠집니다. 나들은 재빨리 나들의 중요한 입들로 고깃점을, 고깃덩이를 가져갑니

다. 고깃고깃 구겨져 있던 자존심이 비로소 펴지는 순간입
니다. 나들 중 하나가 마치 자기가 나라도 된 것처럼 호기
롭게 외칩니다. 복이 분자째 굴러 들어왔군요! 나처럼 복분
자주를 마십시다. 수세에 몰리면 헝클어진 수세미가 됩시
다. 아름다워지려면 몸을 박박 문지릅시다. 고기가 된 나들
은 자발적으로 나들의 오장육부를 보존합니다. 목 막힌 사
람은 말할 수 없고 무릇 목을 건 사람이 무릅쓰듯, 나들은
지금 사달이 났습니다. 좀체 줄지 않는 상추 더미가 상처받
은 듯 수군거립니다. 인간들이란, 어찌 그리도 인간적인지.

이국적 감정

자고 났더니
눈에 쌍까풀이 생겼다
자, 누구한테 고백해야 할까

너는 섣불리 국경을 넘어 내 품에 파고든다

키스하기 싫은데
너의 입에 어떤 색깔의 재갈을 물릴 것인가

척골처럼
부서져버릴까 꽃병처럼
깨져버릴까 너와 나의 의견처럼 산산이 조각나
다시는 붙지 못해버릴까

너무 익은 토마토처럼 금이 가버렸는데,
결승점 금은 대체 어디에 그어졌는가

나는 불쌍한 표정을 짓고
버전을 달리하며 달리기 시작한다

15페니를 쥔 소년과 300원을 쥔 소녀 중
누가 더 불쌍합니까

우리는 서로 다른 쪽에 표를 던진다

TV 속에서는 총격전이 한창인데
아무 일도 없다는 듯 덮밥을 퍼먹는 게 가능합니까

나는 숟가락을 놓고
재갈을 문 너의 입은 게걸스럽다

선생님, 쟤와 제 짝꿍을 바꿔도 되겠습니까
역사 시간이 끝나면 제 국적을 포기해도 되겠습니까
미술 시간만큼은 제 감정에 충실해도 되겠습니까

선생님은 먼저 세상을 뜨고
너는 샤프심을 새로이 장전한다

수업이 무인도에서 펼쳐지는 겁니까,
아니면 나 혼자 외따로 펼쳐지는 겁니까

나는 잊고 또 묻는다
묻고 금세 또 잊는다
다른 물음이 급부상할 때까지

나는 외까풀을 덮고 잠에 빠져든다

자고 일어나도

이 땅에서

매력이 있겠습니까, 나는, 털끝만큼이라도

아웃

지갑을 탈탈 털어 빵을 샀다
봉지를 뜯어 쓰레기통에 버렸다
생크림을 헤치고 불개미들이 기어나오고 있었다
그리고
구역질이, 구역질이…… 입도 모르게 시작되었다
길바닥에다 토를 했다 할 수밖에 없었다
가게 안에 들어가 따지려 했지만 이미 나는 외부인이었다
유통기한이 지난 것은 비단 빵뿐만이 아니었다
바람이 불어와 비단결 같은 머리털이 몇 가닥 빠져나갔다
담배 연기를 내뿜던 한 남자가 침을 뱉고 내 옆을 떠났다
네가 왔지만 이미 때는 늦었다
따가운 눈빛으로 너를 쏘아보았다
네 볼에 붉디붉은 꽃이 피어났다
배꼽이 튀어나올 정도로 크게 웃었다
네 눈에 맑디맑은 눈물이 맺혔다
네가 내 영역에서 서서히 멀어지는 느낌이었다
네 마음에 들어갈 방도는 없어 보였다
널 다독이기 위해 들어갈 방도 없어 보였다
누가 발사했는지 하늘에서 갑자기 폭죽이 터지기 시작했다
귀에 쟁여두었던 온갖 거짓부렁들을 와르르 쏟아냈다 그
럴 수밖에 없었다
때마침 코피가 쏟아졌다
때마침 총알이 날아왔다

패잔병의 심정으로, 네가 지긋지긋하다고 그만 고백해버
렸다

　욕설도 몇 마디 퍼부어주었다

　비로소 네가 내 인생에서 아웃되었다

　배가 고팠지만 목구멍 안에 뭘 집어넣을 기분은 아니었다

　그저 피부를 벗고 세상을 마주하고 싶었다

　현대의 가장 꾸밈없는 고현학자가 되고 싶었다

　그리고

　재채기가, 재채기가…… 코도 모르게 시작되었다

일 분 후

넌 최고상을 받을 예정이다
아나운서가 네 이름을 제대로 발음한다면

네 이름은 아직 봉투 속에 있다

너는 속으로 되뇐다
태어나서 그렇게 열심히 부른 적이 또 있었을까
네 이름을
격렬하게 숨도 안 쉬고
자그마치 일 분 동안

누가 가져가지도 않을 텐데
너는 너를 포함한 그 무엇도 믿지 못한다
네 믿음은 시험대에 오를 것이다
일 분 후

봉투 속 네 이름은 밖으로 기어나오고
드디어

너는 단상에 오를 것이다
이럴 줄은 몰랐다는 듯
너는 당혹스러움을 감추지 않을 것이다

머리를 긁적여도 좋다
어색한 듯 잠시 휘청거려도 괜찮다

너의 신체는 벌써 몇 가지 생각을 하고 있다

일 분이 되면,
네 목소리는 장내를 쩌렁쩌렁 울리고
날리던 꽃가루는
내 목구멍을 파고들 수도 있다

나는 손바닥을 펴 내가 빈손임을 확인한다

일 분 사이, 나는
첫번째 손가락으로 네게 찬사를 보냈다가
세번째 손가락으로 마음을 바꿀 수 있다
일 분이 가기 전에

너는 두번째 손가락으로
일 분의 외곽에 있는 나를 가리킨다
다행히 나는 온몸으로 신호에 반응하는 법을 알고 있다

일 분이 정점에 다다랐을 때,
너는 네번째 손가락을 들어

보란듯이 내게 흔들 수도 있다
빛나는 것은 어지럽다
내가 아니면, 내 것이 아니라면

네가 생각하는 동안
나도 일 분을 절단해
몇 가지 생각을 동시에 할 수 있다

다섯번째 손가락을 쳐다보며
일 분 전의 약속을 떠올릴 수도 있다
일 분 후가 되자 소용없어지고 만

첫번째 손가락의 자취가 사라졌다
팡파르와 함께

장내에는 폭죽이 쏟아지고 있다
일 분 후의 네가 내 앞을 무뚝뚝하게 지나간다

세번째 손가락이 벌떡 서려고 한다
누가 시키지도 않았는데

아나운서는 예정대로 다음 봉투를 열고
너는 네 이름을 잠시 잊는다 편안한 마음으로

일 분 후, 너를 기억하는 사람은 과연 몇이나 될까?
아직 일 분 전이라 아무도 모른다

최후의 관객

　무대의 배경은 시골입니다. 주인공은 논 위에서 천천히 눈을 쓸었습니다. 어떤 눈은 난처럼 삐죽 솟아 있었습니다. 바람이 불 때마다 난의 전신(全身)이 떨었습니다. 문득 나의 전신(前身)이 떠올랐지요.

　주인공은 쓸쓸합니다. 눈을 쓸다 말고 먼 곳에 한눈팔기를 여러 번. 그때마다 바람이 주인공의 몸을 휘감습니다. 바람이 전하는 바람 같은 것이 있다면, 그것은 아마 바람직한 것이겠지요.

　저만치 밭에서 벗이 기다리고 있습니다. 주인공은 과연 벚꽃처럼 벗에게 날아갈 수 있을까요. 관객들이 기대하는 바도 바로 그것입니다. 누군가는 한 번쯤 중력을 거스르는 것. 이 땅을 가볍게 배신하는 것.

　턱을 괴고 앉아 있는 게 어울리는 사람이 있습니다. 눈발이 주인공의 뺨을 톡톡 건드립니다. 언젠가 무릎을 탁 치고 일어날 날도 있을 테죠. 일어났는데, 막상 무엇 때문에 일어났는지 알 수 없을지라도……

　감나무에서 감이 떨어졌습니다. 나무는 감을 잃었습니다. 나무 뒤에 숨어 있던 남이 나타났습니다. 주인공은 남과 몰래 속삭입니다. 관객들조차 그들이 무슨 얘기를 하는지 모릅니다. 운은 없어도 운치가 있다고 느꼈습니다.

　여름에는 물이 쏟아집니다. 주인공은 이제 젖은 옷을 말려야 합니다. 벚꽃, 장마, 감 세례, 눈발…… 주인공이 맞아야 할 게 또 있을까요? 공연이 끝나봐야 압니다. 티켓이 표창처럼 날아올지도 모르니까요.

러닝타임이 끝났습니다. 사계절이 금세 지나가버렸습니다. 주인공은 다시 달려야 하는데, 그만 우울해져버리고 말았습니다. 그저 슬픔을 헤아리듯, 응시하고 있었습니다. 마지막에 자리에서 비틀거리며 겨우 일어난 자를, 더 마지막까지……

빔

너를 비워야만 했다.
너 자신을 채우기 위해
너는
사이가 없는 사이로. 빠져나갔다.
너 자신을 배우기 위해
스스로 사이가 되었다.

홀로 사이가 되는 것이 가능한가.
너는 한때의 한 떼를 떠올린다.

한 떼 중
여기까지 날아와
지금까지 살아남은 것은
여왕벌뿐이다.
떼는 해체되고 한만 남았다.

너는 시간을 훌쩍 건너뛴다.

너는 말한다.
나 말고는 모두
형이상이나 이상형, 혹은 이상한 형으로 변해버렸어.
가깝지도 않은 주제에 재미도 없거나
가까워지면 재미없어질 게 빤하거나

재미는 있지만 가까이하기는 죽어도 싫었지.

네 앞뒤에는 너밖에 없다.

네 양옆에는 너밖에 없다.

네 위아래에는 너밖에 없다.

네 안팎에는 너밖에 없다.

사방을 둘러보고

팔방을 찔러보아도

너밖에 없다.

너는 이제

나와 우리, 그리고 그들의 몫까지 모두 짊어져야 한다.

형이상나 이상형, 혹은 이상한 형이 되어야 한다.

평생 동안 직관과 친해져야 한다.

당분간은 완전해져야 한다.

오늘만큼은 코트의 깃을 세워야 한다.

홀로 무한한 사이가 되어야 한다.

너는 공간을 내처 관통한다.

여왕벌인 너는

내년에도 생존할 것을 확신하고 옷을 짓기 시작한다.

바늘도 들어가지 않을 만큼 빽빽한,
전체 아니면 공(空)인 옷을
너밖에 입지 못하는 옷을

입은 너는 모두에게 말한다. 혼잣말한다.
너의 입은 모두의 입이다. 마지막의 입이다.
이제 입안에서 발사 직전처럼 뜨거워지자.

여왕벌인 너는
옷을 뚫고
사이를 뚫고
반쪽짜리 온전한 한 떼를 뚫는다.
너의 신분이 시공간을 뚫고 나아간다.

한때의 고요와 한 떼의 소요
한 떼가 한때를 한파처럼 공격한다.

살기 위해 죽을힘을 다한 한 떼를 위해, 역설을 열정적
으로 역설한 한 떼에 의해, 그러나 스스로, 가까스로 스르
르, 너는
발사되었다.

너는 행복하다.

사이가 좋다.

여기는 지구.
환태평양 어디께
벌어진다, 망중한.

란드

나는 란드에서 태어났다 부동산에서, 재화에서
어머니와 아버지의 중개로, 서비스로

핀란드에서 나는
이가 나면서부터 자일리톨이 잔뜩 들어간 껌을 씹었다 단
물 빠진 껌을 앞니 뒤에 숨기면서부터 비밀을 간직하는 법
을 배웠다 해맑게 웃으며 거짓말하는 법을 배웠다 양들처
럼 두 가지 일을 능숙하게 처리했다 침묵하기, 동시에 무럭
무럭 자라나기

폴란드에서 나는
글을 깨치면서부터 시를 읽었다 시엔키에비치는 대체 어
디로 갔는지 알 수 없었다 쉼보르스카는 언제나 너무 멀리
있었다 호기심은 낯설고 결핍은 낯익었다 낮 뜨거운 일들은
밤에 벌어진다는 걸 알았다 낮은 이미 충분히 뜨거웠으므로

네덜란드에서 나는
대마초를 피울 수 있었다 할 수 있는 것은 별로 하고 싶지
않았다 노천카페에서는 렘브란트와 반 고흐의 엽서를 싸게
팔았다 대통령같이 아무 데도 없는 것들과 축구공같이 어디
에나 있는 것들에 시종 둘러싸여 있었다 무지개 깃발을 흔
들며 지나가는 사람들을 구경하다보면 겨울이 꼭 친구 같
았다 반쪽 같았다

그린란드에서 나는

순간을 얼리는 법을 터득했다 별을 헤고 있으면 살이 에이는 것 같았다 새우잡이를 해야 겨우 세우(細雨) 같은 기회를 잡을 수 있었다 지구가 온난해지자 젖은 옷은 마르고 지하에 있던 자원들이 하나둘 얼굴을 내밀기 시작했다 그 발견의 순간에는 주인공이 "이누크!"*라고 외쳤다 성엣장이 떠내려가듯 유유히 발음하는 게 중요했다 란드에 남은 마지막 에스키모와 키스를 한 순간, 나는 주인공이 되었다 어른 이누크가 되었다

아이슬란드에서 나는

외로움을 다스리는 훈련을 했다 당시에 나를 포함해서 한국인은 총 아홉 명이었다 까만 눈과 까만 머리카락은 가장 독특한 액세서리였다 얼음장같이 차가운 눈초리가 어음장처럼 날아왔다 나는 빚을 갚는 심정으로 차근차근 숫자를 셌다 숫자는 두 자리가 넘어가는 법이 없었다 홀수여서, 나는 덜 외로웠다 도망치기, 더 이로웠다

나는 란드에서 태어나 란드에서 자라났다

남아프리카공화국에서는 물건을 사고팔 수 있는 란드, 돈이 되는 란드

여기는 땅이다, 네가 와서 살 수도 죽을 수도 있는, 해맑

— 게 웃으며 거짓말을 해도 아무도 뭐라 하지 않는, 아무리 참 말을 해도 믿어주지 않는, 온화하고 냉혹한 땅,

란드

* 그린란드어로 '인간'을 뜻하는 말.

그 무렵, 소리들

정수리가 토마토 꼭지처럼 힘없이 떨어져나갈 무렵,

팬파이프 소리, 피아노의 스물네번째 건반 소리, 병든 아이의 숨소리, 마지막이 가까스로 유예되는 소리, 돌들이 튀어오르는 소리, 해바라기씨가 옹기종기 모여 한꺼번에 마르는 소리, 당신의 입술이 벌어질 때 나는 최초의 소리, 모래알들이 법석이는 소리, 조개들이 통째로 기어가는 소리, 눈물이 볼을 타고 견디듯 흘러내리는 소리, 티슈 한 장이 먼지 부연 선반 위로 떨어지는 소리, 수억 광년 묵은 별똥별이 전쟁터에 불시착하는 소리, 틀어막은 여자의 입에서, 어떻게든 살아보겠다고 겨우 새나오는 비명 소리,

말들이 징검다리고 밥이고 우주고 엄마고 바로 당신이었던 그 무렵, 낙오된 귀를 열어젖히는 한없이 낯선 소리, 에르호 에르호……*

* '에르호'는 테오 앙겔로풀로스의 영화 〈영원과 하루〉(1998)에 등장하는 노시인 알렉산더가 생의 끄트머리에서 발견한 시어들 중 하나로, '나'라는 뜻을 품고 있다.

어떤 날들이 있는 시절
—소비의 시대

어떤 날엔 거의 모든 물건들이 9,900원에 판매되었다 100원이 남는 장사라는 말에 넘어가지 않을 장사는 없었다 사람들의 지갑엔 동전만이 가득했고 그 동전들로 9,900원을 만드는 일이 매일매일 되풀이되었다 물쓰듯 돈을 써도 물은 고갈되지 않았고 돈에선 썩은 내가 났다 어떤 사람들에겐 있다가도 없고 없다가도 없는 것이 돈이었다 어떤 날엔 돈 주고 이름을 사는 게 당연한 일로 여겨졌다 사람들은 돈 잘 버는 이름을 얻기 위해 호주머니를 찢어 가진 돈을 전부 쏟아냈다 작명소 앞에서 동전을 만지작대며 기다렸지만 정작 9,900원짜리 이름을 찾을 순 없었다 작명가는 돈을 더 많이 내야 나중에 돈을 더 많이 벌 수 있다고 단언했다 날이 어둑해지고 작명소가 문을 닫을 때쯤이면 최저생계비에도 못 미치는 이름들이 와르르 쏟아져나왔다 그것들을 다 모아도 찢어진 호주머니를 기워내기엔 순 역부족이었다 어떤 날엔 돈을 만지고 굴리다가 결정적인 순간에 찌르는 수법이 버젓이 교과서에 실렸다 보이지 않는 돈을 가지고 세탁소에 맡기면 보이지 않는 손이 그것을 빳빳하게 펴주었다 그 돈을 갖기 위해 눈알을 굴리다가 결정적인 순간에 옆구리를 찔리는 일도 발생했다 보이지 않았기 때문에 그 누구도, 그 무엇도 고소할 수 없었다 어떤 날엔 돈으로 비단뿐만 아니라 비단결 같은 사랑도 살 수 있었다 사랑을 팔기 위해 돈 들여 온몸을 치장하는 사람들이 결국 온몸에 비단을 둘둘 마는 영예를 안았다 애정은 환율보다 더 자주 오르락내리락했고 굳건한 건

오직 돈뿐이었다 사람들은 끊임없이 결합하고 해체했다가
또다시 재결합했다 어떤 날엔 어떤 날의 가격이 폭등하는
사태가 벌어졌다 그날엔 모든 돈이 거리의 조명처럼 반짝
반짝 빛났다 사람들은 합격과 돈을 바꿀 수 있다고 믿었고
그 믿음을 돈에 진지하게 아로새겼다 세탁소에선 밤새 불
이 꺼질 기미가 안 보였다 눈먼 자들이 아스팔트 바닥에 떨
어진 100원짜리 동전을 밟는 소리만 간간이 들렸다 수많은
이름들을 단 사랑이 거리를 수놓았지만, 돈에서 나는 썩은
내 때문에 아무도 그 냄새를 맡지 못했다 곳곳에서 일제히
지갑을 닫는 소리가 들려왔다 어떤 날엔 돈을 내지 않아도
얻을 수 있는 건 오로지 단 하나, 또다른 어떤 날뿐이었다

詩

철길 위에서 유모차가 달리기·시작했다. 굴뚝도 없이 씩씩거리며 굴렀다. 아이는 발바닥을 맞대고 난생처음인 듯 울어젖혔다. 아이의 울음소리가 씩씩했다. 속으로 내가 말했다. 아이를 구해야 한다!

아이는 철길에서 자라났다. 유모도 없었다. 돌봄도 없었다. 떠날 땐 경적을 듣고 돌아올 땐 매연을 마셨다. 어느 날, 거짓말처럼 말문이 터졌다. 울음에 의미를 담을 수 있게 되었다. 아이의 몸이 점점 커지더니 급기야 유모차를 박차고 나왔다. 바퀴 없이도 씽씽 미끄러질 수 있었다. 참말이었다.

아이는 기관사가 되었다. 유모차 대신 기차를 몰았다. 발바닥으론 액셀러레이터나 클러치만 밟았다. 언젠가 발바닥을 맞댄 적이 있었던가? 궁금하지 않았으므로 패스. 대신 아이는 젖 먹던 힘까지 다 빼내 액셀러레이터를 밟았다. 객차가 앞뒤로 심하게 흔들렸다. 그 와중에도 아이를 향해 손가락질하는 것을, 승객들은 잊지 않았다.

철길 위에서 기차가 달리고 있었다. 아이는 울지 않을 만큼 충분히 씩씩했다. 유모는 있었더라도 아마 죽었을 것이다. 아이는 유모를 제 인생에서 완전히 밀어내려는 듯 액셀러레이터를 더 힘차게 밟았다. 그런 식으로 유머를 잃어버렸다. 원래부터 웃는 법을 배우지 않았으므로 하나도 슬프지 않았다.

나는 씩씩거리며 소리를 질렀다. 아이를 구해야 한다! 더 한층 씩씩해진 아이는 거들떠도 보지 않았다. 내가 지금 어디로 가고 있는지 도무지 알 수 없었다. 기차 안에서 유모라도 살려내 붙잡고 싶은 심정이었다. 발바닥에 땀방울이 맺히기 시작했다.

아이가 이윽고 기차를 멈추었다. 발바닥으로 브레이크를 밟은 모양이었다. 승객들이 안도하며 기차에서 내렸다. 입에도 담기 힘든 욕설들이 귀에는 담기고 있었다. 나도 그들을 따라 내리고 싶었다. 아이가 아니었다면. 내가 아이가 아니었다면.

수상해

왼손으로 글씨를 쓰고
오른손으로 밥을 먹는 게

한 끼밖에 안 먹었는데
하루 만에 콧수염이 이만큼이나 자라난 게

죽을 것 같다고 입버릇처럼 말하면서도
내년 계획을 짜고 있는 네가
그 계획이 멋지게 엎어지는 모습을 상상해
그리고 쓰디쓴 커피를 한 잔 마시지

저길 봐
포플러 냄새가 방 안에 울려퍼지는데
벽지에는 누룩곰팡이가 슬고 있어

너는 갑자기 눈물이 난다

편의점에 가서
생명이 간당간당한 삼각김밥을 사
오른손으로 그것을 집어
참치샐러드가 나올 때까지 천천히 베어먹는다

수상해

매달 17일에 하트 표시를 그려넣고
흐뭇한 듯 묘한 미소를 짓는 네가

아까 마신 커피가
반투명한 액체로 배출되고 있다는 게

서서 할 수 있는 사소한 일들 중 하나를 하며
나는 낌새를 온몸에 새기는 거야

왼손으로 단추를 채우고
오른손으로 지퍼를 올리며

너를 생각하는 내가
너만 생각하는 네가

수상해

누룩곰팡이가 슬고 있는
내 기억이
오른손으로 글씨도 쓰고 싶은
내 욕망이

삼각김밥을 다 먹으니
달력의 유통기한이 하루 줄어들었다

과거에 있던 삼백여 번의 17일을 더듬으며
나는 의심쩍게 웃는다

왼손으로는
지난 17일에 만난 너를 배웅하고
오른손으로는
다가오는 17일에 만날 너를 손짓하는 내가

수상해

마침내 애가 끓다가 다 타버렸다

나는 너를 내버려두지 않을 것이다
네가 다음달로 넘어가기 직전,
나는 너를 어지간하게 끌어당긴다

백지장 위에 턱을 괸 채,
내 계획에는 없었던 네 눈물을 훔치며

왼손 몰래

오른손으로 하는 날렵한 스케치

수상해

CIA처럼

우리는 비밀을 사랑합니다. 비밀을 얻기 위해서라면 가면무도회라도 열겠습니다. 기꺼이 다른 사람이 되겠습니다. ID를 바꾸고 새사람이 되겠습니다. 푸른 눈과 허스키한 목소리로 당신을 유혹하겠습니다. 금고를 열고 사랑을 파헤치겠습니다. 쇳물이 들 때까지, 속물이 될 때까지 동전을 긁어모으겠습니다.

곤충 채집을 하듯 살금살금 다가가겠습니다. 당신의 더듬이에 꿀을 발라주겠습니다. 우리를 믿고 따라오십시오. 낚시를 하듯 끊임없이 미끼를 던지겠습니다. 그것을 덥석 물면 당신은 이미 절반은 우리 사람입니다. 비밀을 흘리지 않으면 피를 흘리게 될 겁니다. 사랑을 얻기 위해서라면 우리는 언제든 잔인해질 수 있습니다.

입을 열지 않으면 당신을 의자에 묶겠습니다. 뼈가 보일 때까지 껍질을 벗기겠습니다. 비밀을 캐기 위해서라면 광부가 될 용의도 있습니다. 머릿속이 어지러울 때까지 크레센도로 들볶겠습니다. 말하십시오. 그렇게만 해준다면, 장송곡에 맞춰 당신과 아첼레란도로 춤추겠습니다. 오늘밤만큼은 당신을 사랑하겠습니다.

속마음을 토하고 비밀을 실토하십시오. 그때까지 함께 위스키를 마시겠습니다. 우리를 위해서라도 당신은 누군가를

죽였어야 합니다. 봉인된 서류를 빼돌렸어야 합니다. 그게
우리가 가면을 쓰고 여기까지 달려온 이유입니다. 당신이
우리에게 반했던 그 순간, 당신은 이미 우리가 쳐놓은 우리
에 갇혀버렸습니다.

우리에게 협조하십시오. 우리가 되십시오. 그렇게만 해준
다면, 불꽃이 되어 당신 심장에 잠복하겠습니다. 비밀이 새
지 않도록 잠시 동안 박제가 되겠습니다. 그렇다고 우리를
안다고 착각하지 마십시오. 우리의 규모를 상상하지 마십시
오. 우리는 많고 다양합니다. 섣불리 우리를 잡으려고 하지
마십시오. 우리는 가깝고도 아득합니다.

리모컨을 눌러 TV를 켜십시오. 우리의 가면을 쓴 또다른
우리들을 만나십시오. 우리는 이렇게나 젊고 아름답습니다.
마음만 먹으면 늙고 추해질 수도 있습니다. 우리의 저력에
놀라십시오. 꺼지지 않을 환상을 품으십시오. 우리를 경배
하고 우리를 맘껏 사랑하십시오. 우리의 조직이 당신의 가
정에 완벽하게 이식될 때까지 TV를 시청하십시오.

우리는 DNA가 다른 종족입니다. 우리는 얼음처럼 차가
워졌다가 불꽃처럼 튀어버릴 수도 있습니다. 우리는 피아
니시시모에서 포르티시시모까지의 영역을 포괄합니다. 그
럴 리야 없겠지만, 혹시나 당신이 우리의 낌새를 눈치채기

라도 하면

공중일 경우, 수직으로 다이빙하겠습니다.
지상일 경우, 드라이아이스처럼 순순히 사라지겠습니다.

영영
누설되지 않는 비밀이 되겠습니다.

물질

물감을 떨어뜨렸다

사방에 물이 튀었다
사방으로 감이 사라졌다

아무것도 그릴 수 없다

나는 잠시 바닥과 그윽한 사이가 된다

너는 누구인가
너는 무엇으로 구성되어 있는가

너는 섣불리 너를 드러내지 않는다

너는 선명한가
너는 말랑말랑한가

접촉 없이는 너를 파악할 수 없는가

물이 좋은가 너는
질이 나쁜가 너는

문득 나는 너를 온몸에 덕지덕지 바르고 싶어진다

손을 길게 내뻗으면
너를 만질 수 있는가

너는 사방에 너무 멀리 있다
가까이 다가가기도 겁난다

너를 감각하는 것이 가능하기는 한가
나의 방법론으론 너를 파악할 수 없는가

찬물을 한 잔 들이켜고
순순히 너를 포기해야 하는가

물감은 고집스럽게 굳고 있다

여기는 사방의 중심
나는 끈질기게 묻는다

내가 과연 감을 되찾을 수 있는가
물질은 변화할 수 있는가

나는 내가 누구인지 자신이 없다
네가 무엇인지는 더더욱

사방이 불투명해지는 지금

물감이 바닥을 박차고 일어나
내 손바닥 위에서 흐르기 시작한다면
바닥이 융기해서
나를 들뜨게 한다면

캔버스를 활짝 펼쳐

기꺼이 너를,
너로써 후원하고 싶다

마음들

어느 날 너는 선물을 하나 사 갖고 오지. 네가 고르고 네가 값을 치렀지만 정작 너 자신도 잘 모르는 어떤 것. 풀어볼 때까지 너를 달아오르게 하는 물건. 드레스는 자꾸 가슴을 죄어들고 너는 '자꾸'보다 더 빈번하게 침을 삼키지. 대체 너는 뭐냐고, 너라는 이름의 오브제에게

묻는 동안, 너는 네가 당사자란 사실을 그만 잊고야 말지.

집에 오자마자 너는 선물을 끄른다. 너는 화들짝 놀라고 활짝 웃다가 얼굴이 그만 활활 타오른다. 너는 봄에 비해 네가 너무 초라하다고 느낀다. 네 명도는 나무보다 너무 낮고 네 채도는 나무에 비해 '너무'보다 정도가 더 낮은 편이다. 네가 거울 앞에 서서 폭풍 같은 혹평을

쏟아내는 동안, 녹색 스커트가 방바닥에 갈가리 찢어진다.

녹색 면발들 위로 먼지가 내려앉습니다. 너는 침대에 걸터앉아 아주 잠깐 전까지 선물이었던 물질을 바라봅니다. 네가 과연 그 물질에게 회복할 기회를 줄까요? 그 물질이 피륙으로 거슬러올라갈 만큼의 시간을 제공할까요? 네가 창문을 열고 너의 쪼가리들을 세상에

투하하는 동안, 네 모든 세포들은 만장일치로 행복에 항복합니다. 어느 날 문득

네가 마음들을 열기로 드디어 결심한 순간,

디테일

하늘의 구름
구름 뒤의 태양
태양 아래의 그림자
그림자의 명암
명암의 암
암의 세포
세포 속의 핵
핵 뒤의 음모
음모에 가린 성기
성기의 두근거림
두근거리는 심장
심장을 찢으며 날아오르는 비둘기
비둘기 밖의 하늘
또다시 하늘의 구름

구름의 수증기
수증기를 묘사하기 위해
나이프에 물을 바르는 화가
화가의 경제난, 화가의 비애
화폭에 속하지 못한 바깥의 사연들

하늘을 완성하기 위해서는
거의 모든 것들을 고려해야 한다

구름부터 비둘기까지
필요하다면 비둘기 모양의 구름까지도

하늘을 바라보는데
갑자기 신이 떠오른다면
신도 그려야 한다

신이 내린 운명
운명에 부합하는 포즈
포즈에 가린 여백
여백에 튄 작은 물방울
물방울의 몸뚱이가 점점 불어나고

신이 내린 운명처럼
물감이 다 떨어졌다

아직 구름도 다 못 그렸는데
걷잡을 수 없이 성기만 두근거리고
하늘에 속한
거의 모든 것들이 증발되었다

비둘기가 심장을 뛰쳐나오고
거꾸로 쥔 나이프에서

번쩍 살기가 도는 순간,
아뿔싸!

하늘이 그만 일그러지고 말았다

부조리
―경우의 수

오늘은 너의 스물여덟번째 생일. 나는 축하 전화를 하려고 하지만 정작 네 번호가 떠오르지 않는다. 네가 좋아했던 숫자들만 똑똑히 기억난다. 4, 8, 15, 16, 23, 그리고 42.* 너는 네가 이 나이였을 때 중요한 일들이 일어났거나 일어날 거라고 말했었다. 스물세 살 때 나를 만난 것도 거기에 포함되었을까? 어쩌면, 아마도, 당연히, 부디. 네 번호가 떠오르지 않으므로, 나는 자문자답을 하며 점점 절박해진다. 허공에 대고 난생처음인 듯 네 이름을 뱉은 뒤, 축하한다는 말을 덧붙인다. 어색하다. 너의 이름과 너의 얼굴이 도통 연결되지 않는다. 가만히 눈을 감고 너의 형상을 그려본다. 너의 입술과 너의 목소리가 어울리지 않는다. 너의 몸뚱이에 너의 옷이 맞지 않는다. 너의 발이 감당하기에 하이힐은 너무 높고 뾰족하다. 너는 여덟 살 때 이미 열다섯 살의 인생을 살고 있었는지도 모른다. 네가 네 살 때 잊거나 잃었던 네 옆집 남자친구의 얼굴이 시방 내 앞에 급부상하고 있다. 짐작조차 하기 힘든, 열여섯번째 윤곽. 문득 너의 스물여덟번째 생일이 까마득하다. 네 윤곽을 더듬는 게 아니었다. 기껏 실패한 몽타주. 한껏 어색한 콜라주. 인생이 하얗게 메말라가고 있다. 나는 이 문장만큼은 조리 있게 말할 수 있다(고 생각한다). 네 나이 마흔둘에 우리가 다시 만날 수 있다면……

* 이것들은 2010년에 종영한 미국 드라마 〈로스트(Lost)〉에 등장하는 숫자들로, 극을 관통하는 아주 중요한 요소로 기능한다. 재미있는 사실 하나; 이 여섯 개의 숫자를 다 더하면 108이 된다.

용의자

테이블 위에 우유를 엎질렀습니다. 허공을 찌르는 몇 개의 방울들을 지켜보는 동안, 컵에서 주르르 잉여가 흘렀습니다. 최후의 관객이 되고 싶었습니다. 동공이 하얘질 때까지 현장을 지키고 싶었습니다.

테이블의 다리는 네 개. 우유가 쏟아질 때 네 다리는 한꺼번에 떨었습니다. 네 다리는 통째로 생각합니다. 맞은편에 있는 네게 다가갈 수 있을까. 그러기엔 서로의 마음이 맞지 않습니다. 옆에 있는 네게 넌지시 고백해볼까. 그러기엔 몸뚱이가 너무 튼튼합니다. 이럴 때 그림자라도 하나씩 있다는 게 얼마나 다행인지 몰라요.

커튼이 열리면 테이블은 본때를 보여줄 겁니다. 자신의 결이 얼마나 보드라운지, 태양을 마주하는 데 얼마나 거리낌 없는지, 광합성에 대한 기억이 얼마나 또렷한지. 네 다리는 테이블을 한껏 받들어줍니다. 그림자는 한 방향으로 잘 뻗어 있습니다. 테이블의 얼굴에 나이테가 하나 더 그려집니다.

햇빛이 테이블 위로 왈카닥 쏟아집니다. 얼굴이 아름다워집니다. 그림자가 짙어집니다. 테이블은 자신에게 찾아온 기회를 단단히 붙잡을 용의가 있습니다. 아마도 그럴 겁니다. 네 다리는 알고 있습니다. 빛을 뿜는 데보다는 품는 데 더 많은 시간을 쏟아야 한다는 것을.

네 다리는 자신을 쓰다듬어줄 사람이 없다는 게 문득 쓸쓸합니다.

누가 우유를 엎질렀을까요. 누가 우유를 사다놓았을까요. 누가 젖소를 독려했을까요. 누가 테이블의 몸뚱이에 대못을 쾅쾅 박았을까요. 테이블은 원래 네발짐승이었을지도 모르는데.

한 명의 나와 세 명의 너는 두 발로 서서 생각하는 겁니다. 우유의 유통기한을, 젖소의 혐의를, 햇빛의 따사로움을. 정작 아래 있어서 자기 자신의 얼굴도, 엎질러진 우유도 보지 못했으면서. 다리는, 다리는, 네 다리는, 너의 다리는……

베이스

나는 던진다
너는 때린다

출발이 불안하다

나는 재빨리 줍는다
그리고 던진다
너는 약빨리 달린다
그리고 미끄러진다

너는 살아남고
당분간 우리는 거리를 유지하려고 한다

나는 눈치를 본다
너는 내 손을 본다

우리 사이의 근거가 점점 부실해진다

나는 너를 죽이려고 한다
너는 나를 조롱하려 든다

틈을 내서
기회를 엿보는 시간이 한 번씩은 꼭 있다

이럴 때 둘 다
침이라도 삼킬 줄 안다는 게 얼마나 다행인가

그사이를 틈타
너는 다음 기지로 달아난다
나는 잠시 넋을 잃는다
너는 제길, 안전하고
나는 위협할 권리조차 잊어버린다

이윽고 그가 나타난다
그는 내 혼을 쏙 빼놓을 준비가 완벽히 되어 있다

나는 모종의 걱정을 한다
너는 모종의 기대를 한다

우리는 불안하고
우리 사이에 그가 끼어들 자리는 충분하다

나는 던진다
그는 휘두른다

그는 고수다

담장과 손잡고
나를 좌절시키는 법을 알고 있다

너는 나를 지나치며 휘파람을 분다 나중에
은밀한 곳에서 그와 진한 포옹을 나눌지도 모른다

환호성이 소음으로 변하고 있다
아무래도 오늘밤 집에 가는 길엔 조심해야겠다

그런데 너는 대체 며칠 만에 집에 들어왔는가
나는 등 돌려 널 맞이할 준비가 아직 안 돼 있는데

나는 생활비를 타러 간 심정으로
친정 쪽을 바라본다
최대한 그윽하고 갸륵하게

운이 좋다면
나는 오늘 한번 더 너와 싸울 수 있다

다음 싸움의 결과는 모른다 수틀리면
우리는 더 큰 구장에 도장을 들고 가야 할 수도 있다

언제든 갈라설 준비가 되어 있다는 듯이

우리는 속으로 아웃을 크게 외치며
서로를 잠시 노려본다

수년간 쌓아왔던
우리의 토대가 무너지고 있다

날

밝기가 무서웠다. 알다시피

로마는 하루 만에 세워지지 않았지. 일단 세우고 말하자. 날을. 잡은 것 같았다. 감을. 딸 수 있을 것도 같았다. 병을. 모르는 게 약이라지만

지금 이곳에서는 약내가 진동한다. 알다시피

지금이 정확히 언젠지. 까마득하다. 이곳에서 저곳까지는. 너무 멀다. 내 심장이 아득하듯. 버겁기만 하다. 지금부터 훗날까지는. 도무지 엄두가 나지 않는다. 맥이 가까스로 뛰듯. 불안하다. 손가락으로 내 몸의 음을 짚어내는 게. 어색하다. 불가능한 제안을 받아든 것처럼

날이. 또다시 샌 것 같았다. 김도. 빠지는 것 같았다. 기운이.

돌고 있었다. 소문이. 퍼지고 있었다. 콜레라가. 이 시대가. 사랑이. 가난이. 궁색이. 로마가. 삽시간에. 위태로워졌다. 하루하루가 위험해졌다. 나의 토대가 떨고 있었다. 주저앉아버리기 전에

혼자 두지는 마. 낱말을. 하나하나의 고독을
섣불리 모른 척하지 마.

날개도 없는 개가 푸드덕거린다. 살기 위해서. 저물어야
하는 운명을 거부하기 위해서

해는 아예 뜨지 않는다. 날

밝기가 무거웠다. 그러나 세우면. 로마를. 잡으면. 날을.
따면. 감을. 모르면. 병을.

비로소 날것이 날 것이다. 모르다시피

언제나. 어디서나. 좌표를 읽는 건 불가능했다. 마침표를
찍듯 발을 내딛지만 찍히는 건 창창한 말줄임표뿐. 나는 할
말이 없다. 고로 나는

생략된다. 그림자가. 희미해져간다. 자취가.

파악되지 않는다. 로마가. 휘청거린다. 몸이. 귀해진다.
시간이. 흐른다. 식은땀이. 쏟아진다. 원성이. 들끓는다. 로
마인들이

지금 당장 필요한

약을 모를 때. 병을 딸 때. 감을 잡을 때. 날을 세울 때. 로
마에 휴일이 닥쳤을 때.

이방인인 나는

이질로 고생을 하기 시작한다.

하루 만에 세워지지 않는

— 이 뜨악한 도시에서

알다시피, 너도 잘 알다시피

1년

1월엔 뭐든지 잘될 것만 같습니다
총체적 난국은 어제까지였습니다
지난달의 주정은 모두 기화되었습니다

2월엔
여태 출발하지 못한 이유를
추위 탓으로 돌립니다
어느 날엔 문득 초콜릿이 먹고 싶었습니다

3월엔
괜히 가방이 사고 싶습니다
내 이름이 적힌 물건을 늘리고 싶습니다
벚꽃이 되어 내 이름을 날리고 싶습니다
어느 날엔 문득 사탕이 사고 싶었습니다

4월은 생각보다 잔인하지 않습니다
그 이유는 단 하나,
한참 전에 이미 죽었기 때문입니다

5월엔 정체성의 혼란이 찾아옵니다
근로자도 아니고
어린이도 아니고
어버이도 아니고

스승도 아닌데다
성년을 맞이하지도 않은 나는,
과연 누구입니까
나는 나의 어떤 면을 축하해줄 수 있습니까

6월은 원래부터 좋아하지 않았습니다
아무것도 하지 않는다고 해서
내가 꿈꾸지 않는 것은 아닙니다

7월엔 뜨거운 물에 몸을 담가봅니다
그간 못 쓴 사족이
찬물에 용해되었습니다
놀랍게도, 때는 빠지지 않았습니다

8월은 무던히도 무덥습니다
온갖 몹쓸 감정들이
땀으로 액화되었습니다
놀랍게도, 살은 빠지지 않았습니다

9월엔 마음을 다잡아보려 하지만,
다 잡아도 마음만은 못 잡겠더군요

10월이 되었습니다

여전히, 책은 읽지 않고 있습니다

11월이 되었습니다
여전히, 사랑은 하지 않고 있습니다
밤만 되면 꾸역꾸역 치밀어오릅니다
어제의 밥이, 그제의 욕심이, 그끄제의 생각이라는 것이

12월엔 한숨만 푹푹 내쉽니다
올해도 작년처럼 추위가 매섭습니다
체력이 떨어졌습니다 몰라보게
주량이 줄어들었습니다 그런데도
잔고가 바닥났습니다
지난 1월의 결심이 까마득합니다
다가올 새 1월은 아마 더 까말 겁니다

다시 1월,
올해는 뭐든지 잘될 것만 같습니다
1년만큼 더 늙은 내가
또 한번 거창한 계획을 세우고 있습니다
2월에 있을 다섯 번의 일요일을 생각하면
각하(脚下)는 행복합니다

나는 감히 작년을 승화시켰습니다

작은홍띠점박이푸른부전나비에 관한 단상

1
작은홍띠점박이푸른부전나비를 보고
이 이름을 너에게 말하려는 찰나,
이 영민한 생명은 우리의 테두리를 벗어났다

2
I only wanted 2 see U bathing in the purple rain*

3
바람이 세지면
우리는 오락실에 가서 2인용 테트리스를 하곤 했지
너는 화면의 중앙부에서 갖은 기교로 춤을 추던,
중절모 쓴 그 남자를 사랑했지

때때로
너는 그 남자가 테트리스 블록에 눌려 압사하는 꿈을 꾼
다고 했지,

그러곤

보랏빛 눈물을 뚝뚝 흘리며

이름 없는 마약을 구하러 떠났지
바람에 실려 날아가는
한 마리 작은홍떠점박이푸른부전나비

4
너를 찾으러 나는 클럽이란 클럽은 죄다 돌아다녔지,
배수아의 붉은 손 클럽에도
코넌 도일의 붉은 머리 클럽에도
윤대녕의 코카콜라 클럽에도
이상운의 픽션 클럽에도
너는 없었어

오프라 윈프리의 북 클럽에도
아르투로 페레스 레베르테의 뒤마 클럽에도
애거사 크리스티의 화요일 클럽에도
데이비드 핀처의 파이트 클럽에도
빔 벤더스의 부에나 비스타 소셜 클럽에도
월트 디즈니의 미키마우스 클럽에도
박민규의 삼미 슈퍼스타즈의 마지막 팬클럽에도
너의 흔적은 없었지

나는 형광등을 꺼놓고 미친 사람처럼 춤을 추었지

5

That long black cloud is coming down
Feels like I'm knockin' on heaven's door**

나는 밥 딜런보다 훨씬 더 많이
천국의 문을 두드렸지, 이제 내 손에는 굳은살이 박여서
나는 사나운 바람에도 끄떡없어

vs.

천국의 문은 아직까지 하나도 변한 게 없어
여전히
튼튼하고 높고 절망적인 두께지

6
참, 그리고
웨인 왕의 조이 럭 클럽에도
너는 없었어

난 그 쌍둥이 언니가 너인 줄 알았는데

7
네가 그리워
우리가 즐겨 가던 오락실에 갔다

주인은 이제 시시한 테트리스 게임 같은 건
사람들이 하지 않는다고 했지,

대신 나는
주머니에 있는 돈을 몽땅 털어
총질을 해대고 왔다

두두두두두두
두두두두두두

8
Since the last goodbye
It's all the wrong way round***

작은홍띠점박이푸른부전나비는
유난히 습지를 좋아한데,

바람을 타고 훨훨 날아다니다

빗물에 목욕을 하던 너는

이름 없는 마약을 구하러 떠났지만,
그리고

너를 찾으러
나는 미국, 영국, 스페인, 저 멀리 서인도제도의 쿠바까지
다녀왔지만,

바람은 더이상 불지 않았지

나는 줄곧 이 일대를 헤매고 있어,
우리가 밤새 두른 테두리

9
오늘, 아주 새까만 중절모와 지팡이를
헐값에 사서 가슴팍에 쑤셔넣었다

기도가 탁 막히는 느낌

10

두두두두두두
두두두두두두

* Prince의 〈Purple Rain〉 중에서
** Bob Dylan의 〈Knockin' on Heaven's Door〉 중에서
*** Alan Parsons Project의 〈Since the Last Goodbye〉 중에서

탈옥수

모자를 잃어버렸어요 곧 발각될 거예요 어머니의 얼굴이
가물가물합니다 아들은 아직 없는데

신발이 벗겨졌어요 맨발인데 청춘이 아니면 처참합니다
회춘의 꿈을 품고 숲길을 냅다 뛰다가

수염이 떨어져나갔어요 내 DNA가 비옥토에 버려졌어요
비가 내리면 또다른 내가 태어날지도 몰라요 아,

안경을 두고 왔군요 앞날이 어제처럼 깜깜합니다 나뭇잎
을 따서 눈물을 훔쳐요 다행입니다 아직…… 사람이군요

2년 전, 이름을 잊어버렸습니다 집주소와 전화번호를 기
억하려면 어쩔 수가 없었어요 햇볕과 바람으로 신분증을 위
조하려다

취향이 없어졌어요 바닥에 떨어진 밤도 껍질째 먹고 냇물
을 시원하게 들이켭니다 안쪽의 물이 완전히 바닥나기 전에

성격이 사라졌어요 화를 내다가 웃는 거 하나는 잘합니
다 대장 노릇을 하다가 감방 모서리에서 몸서리치는 것도
요 그러다

결국 이성을 상실했군요 제2의 인생이요? 다시 태어나
도 무슨 뜻인지 모를 겁니다 반성이요? 반도 알고 싶지 않
습니다

노코멘트로 일관할 때
모든 게 달라졌었지요 2년 후에도 그럴 것처럼

열정은 뜨겁습니다 반응은 차갑습니다 그러나 곤봉과 시선은 더 뜨겁고 수갑과 철창은 더 차갑습니다 그리고 2년 전 그날처럼

소나기가 쏟아집니다 여기저기 따질 거 없이 잘도 적십니다 하늘을 양손으로 떠받치고 싶습니다 제길,

내 인생에 드라마가 개입하다니! 하필, 새싹 같은 내가 진흙탕 위로 봉긋 얼굴을 들이미는 순간, 그러니까

2년 전, 아무 말도 않고 있다가 말하는 법을 입술 사이로 놓쳐버렸을 때, 당신이 씩 웃으며 내 것을 하나둘 가져가기 시작했을 때

내 모자가 2년 후의 머리를 정확히 겨냥할 때
발이 길어지고 수염이 자라고 눈이 나빠지고

죄인이라도 된 것처럼
스스로가 스스로를 스스럼없이 압도했을 때,

어떤 날들이 있는 시절
―망실(亡失)의 시대

　어떤 날엔 잊어버리고 잃어버리는 게 일이었다 잊어버릴
만하면 또 잃어버리는 게 일이었다 일을 보러 가다가 원점
으로 되돌아가기 일쑤였다 잃어버린 사실마저 잊어버렸으
므로 결코 좌절하지 않았다 잊지 않고 수첩을 가지고 나왔
지만 자발적으로 분실했다 백지상태에서는 하등 문제 될 것
이 없었다 어떤 날엔 주가(株價)를 따라 기억력이 바닥을
쳤다 현장 사진을 들이대도 절대 믿을 수 없었다 사진을 찍
은 기억이 없기 때문이었다 현장은 언제나 아득하기 때문이
었다 건망증을 앓지 않는 사람은 아무도 없었다 오늘의 독
한 술이 내일의 더 독한 술이 되어 있었다 고독한 입술로 예
술을 혹독하게 끌어안았다 입천장이 보독보독 마르기 시작
했다 산 입에 친 거미줄을 돈 주고 산 입들이 생겨났다 어
떤 날엔 제 아비도 몰라보는 자식들이 등장했다 아비를 잃
고 그 상실감에 어쩌할 줄 몰랐지만, 몰랐으므로 어쩌하지
않았다 어찌 그럴 수 있는지 자기도 알지 못했다 억지로 기
억을 지우는 사람들이 자발적으로 생겨났다 어젯밤에 외운
영어 단어가 아침만 되면 기억나지 않았다 사이좋게 다 잊
어버렸다 그때만 잠깐, 단어와 사이가 좋았다 화가 난 선생
님은 AD 사이에 BC를 가둬버렸다 기원은 단박에 포위되
었다 없던 일이 되어버렸다 눈은 여전히 앞에 달려 있었으
므로 아무도 뒤를 돌아보지 않았다 어떤 날엔 급기야 내 꿈
이 뭔지, 네 이름이 뭔지 통째로 잊어버리고 말았다 과부하
에 걸린 뇌가 정보를 왜곡하기 시작했다 너를 가수라고 부

르거나 나를 구름이라고 소개했다 별수 없었다 말이 그렇게 나갔다 하늘에서 쭈룩쭈룩 소낙비가 쏟아지기 시작했다 별수 없었다 비가 그렇게 내렸다 비를 맞으면서 비를 맞는다는 사실을, 비가 내린다는 사실을 잊어버렸다 정신을 잃어버렸다 어떤 날엔 잊어버리기 위해 잃어버리거나 잃어버리기 위해 잊어버리는 일들이 많았다 너는 머릿속에 그대로 있었고 현장 사진은 여전히 지갑 속에 있었다 관심을 주지 않아 사진은 자기가 지갑 속에 있다는 사실조차 잊어버리고 말았다 계절을 몰라봤으므로 언제나 너무 덥거나 너무 추웠다 너무 더워서 순순히 가면을 벗고 감투를 벗고 굴레를 벗었다 너무 추워서 가슴속에서 오래된 상처를 하나둘 꺼내 입었다 가난을 걸어입고 손해를 껴입고 추위를 꿰입었다 어떤 날엔 어떤 날들이 스스로 뒷걸음질해서 아득한 기원이 되었다 아직도 기원에서 기원을 기원하는 늙은 사람들이 있었다 기원은 바둑알처럼 무채색이었지만, 바둑알처럼 단단하지는 않았다 끝없이 커지던 판은 모자라는 바둑알과 바닥난 인내심 때문에 싱겁게 끝나버렸다 어떤 날엔 기억을 더듬다가 갈피를 못 잡고 말을 더듬는 게 일이었다 일을 보러 가다가 영점으로 되돌아가 고스란히 얼어붙었다 어딘가 슬픈 구석이 있었는데, 이 느낌만은 아무리 잃어버려도 끝끝내 잊어버릴 수가 없었다

이력서

밥을 먹고 쓰는 것.
밥을 먹기 위해 쓰는 것.
한 줄씩 쓸 때마다 한숨 나는 것.

나는 잘났고
나는 둥글둥글하고
나는 예의 바르다는 사실을
최대한 은밀하게 말해야 한다. 오늘밤에는, 그리고

오늘밤에도
내 자랑을 겸손하게 해야 한다.
혼자 추는 왈츠처럼, 시끄러운 팬터마임처럼

달콤한 혀로 속삭이듯
포장술을 스스로 익히는 시간.

다음 버전이 언제 업데이트 될지는 나도 잘 모른다.
다 쓰고 나면 어김없이 허기.
아무리 먹어도 허깨비처럼 가벼워지는데

몇 줄의 거짓말처럼
내일 아침 문서가 열린다.

문서상 오늘의 나는 어제의 나다.

엑스트라

우리는 표정을 지을 수 없습니다 보통은 거리를 걷거나 커피를 마십니다 식어빠진 커피도 호호 불며 마실 수 있습니다 우리의 역할 뒤에는 2나 3 같은 숫자가 붙습니다 운이 좋으면 장면에 불쑥 끼어들 수도 있습니다 그러려면 아예 악하거나 무능해야 합니다 험상궂은 얼굴이 도움이 될 때도 있습니다 뺨을 맞거나 정강이를 걷어채고 장면 밖으로 내팽개쳐지기 일쑤입니다 고개는 끝까지 땅에 처박고 있어야 합니다 고개를 들면 감독이 좋지 않다고(NG) 소리칩니다

다음 현장은 목욕탕입니다 우리는 발가벗은 채로 일회용 문신을 해야 합니다 출렁이는 물 안에서 두둑한 뱃살을 출렁대며 영역 표시를 해야 합니다 우리에 속하기 위해, 우리가 되기 위해 누군가가 또 탕 안으로 들어옵니다 그만큼 우리의 비중은 줄어듭니다 자리싸움을 위해 발을 뻗고 손을 휘젓습니다 나지막이 헛기침을 하기도 합니다 온탕의 물이 넘쳐흘렀지만 우리 중 누구도 동요하지 않습니다 우리는 어디까지나 여분입니다 한 번도 부족한 적이 없었습니다

우리는 방금 죽었습니다 큐 사인이 떨어지기가 무섭게 도로 위에 가짜 피와 진짜 가래를 토했습니다 아스팔트에 붙은 껌이 코끝을 간질입니다 또다시 죽지 않기 위해서는 재채기가 나와도 참아야 합니다 땅바닥과 더 친숙해져야 합니다 그림자를 덮쳐 한몸이 되어야 합니다 진짜 피와 더 진짜

가래가 나오려고 합니다 비정한 카메라는 우리의 뒤통수를 우아하게 날아갑니다 주인공이 입가의 피를 훔치며 승리의 미소를 짓고 있습니다

　촬영이 끝났습니다 조명이 꺼졌습니다 오늘도 두 번을 죽다 살아났습니다 2가 되었다 3이 되었다 정신없었습니다 이제 일당을 받고 현장에서 흩어질 시간입니다 기약 없는 인사를 하고 진짜 행인이 되어 거리를 거닐 겁니다 커피는 꿀맛 같을 겁니다 다행히 우리 중 일부는 내일 아침 다시 살아납니다 주인공에게 시비를 걸기 위해, 길거리에서 핫도그를 사 먹기 위해, 대한민국의 자랑스러운 시민이 되기 위해, 또 다른 2나 3이 되어 화면 속에 비집고 들어가기 위해

이것은 파이프다

　이것은 늘씬하게 잘빠졌다. 이것의 몸체는 길고, 시작인지 끝인지 종잡을 수 없는 곳에 대가리인지 엉덩이인지 종잡을 수 없는 것이 달려 있다. 대가리인지 엉덩이인지 종잡을 수 없는 것이 달려 있는 곳 반대편은 딱 봐도 입에 물기 좋게 생겼다. 물고 있으면 금방이라도 소원이 이뤄질 것 같다. 꿈이 뭉게뭉게 피어오를 것 같다.

　나는 이것과 접촉한다. 이상하게도 나는 몽롱해지면서 확신이 생긴다. 몽롱해졌다는 확신이 생긴다. 나는 이상하다. 이것은 명백하다. 이것이 명백하다는 것이 이상하지만, 나는 이것을 파이프라 부르겠다. 이것이 파이프가 아니라면, 나의 접촉을 그토록 순순히 받아들였겠는가. 소원을, 꿈꾸기를 묵인하고 있었겠는가.

　1929년, 이것이 파이프가 아니라는 음모가 제기되었다. 태어나지도 않았던 나는 펄쩍 뛰었거나 뛸 참이었다. 이것은 명백하고 이것은 명명백백하다. 나는 이것을 보자마자 파이프라고 말했거나 말할 참이었다. 이것은 참이다. 이것은 필연이다. 이것이 필연적으로 참이라는 것이 이상하지만,

　살담배가 꾹꾹 쟁여진, 금방이라도 지독한 연기를 피워올릴 만반의 준비가 되어 있는,

　이것은 파이프다. 파이프는 파이프다. 파이프 말고 이것을 표현할 다른 수단을, 나는 알지 못한다. 나는 나의 의식

과 손잡는다. 의식은 나를 입 다물게 한다. 내 소원은 나와 소원해진다. 내 꿈은 기껏해야 꿈에서나 이루어질 것 같다. 도무지 다잡을 수 없는, 너와 나에게 똑같이 곤란한,

이것은 파이프다. 이것은 와이프가 아니다. 나이프나 테이프도 아니다. 자르고 붙이는 데 골머리 썩일 하등의 이유가 없다. 그저 입에 물고 꿈꾸다 고체를 기체로 만들면 되는, 이것은 파이프다. 나와 너처럼, 이것은 파이프다. 불과 연기처럼, 이것은 파이프다. 섣불리 파이프가 아니라고 가정하지 마라. 이것은 이프(if)가 아니다. 이것은 사실이다. 사실, 이것은 파이프다.

그리고 이것은 내가 생각했던 파이프의 도입이 아니다.

아이디어

한 줄기 빛은
한 줄기 빛
발아가 이루어지면
한 포기 난초와
한 떨기 장미로 피어난다

우리는 분위기를 사랑해
엄습하는 것들을 사랑해

때때로 우리가 직접 나서서
그것들을 잡기도 하지

커피의 김과
담배 연기가 모락모락 피어오르면
커서는 껌벅거리며 최면을 걸고
은밀하게 시작되는
한낮의 점성술

우리는 별처럼 빛나는 순간을 기다려
우리의 동공이, 우리의 동맥이
현장을 사로잡는 순간을 기다려

때때로 빛이 너무 커다래서

우리는 터질 듯 벅차올라
땅에 꽂히는 일도 있겠지

바르르 파르르
눈꺼풀을 떨며
마지막 남은 한 줄기 빛을 울컥 토해내겠지

한 줄기 빛은
한 줄기 빛
땅 위로 봉긋
더욱 또렷하고 아름답게 피어나

원음보다 선명한 메아리처럼

우리는 분위기를 장악하며
돌아오기 위해 달아나지

모니터 속으로
키보드 위로
커서 앞으로

별들이 무더기로 쏟아지고
나는 현장에서 바야흐로 발아해

이 빛을 뭐라고 불러야 할까

포스트잇을 떼서 이마에 탁,
붙이고 침대 위로 뛰어드는 순간

타버린 팝콘을 쥐듯
가장 먼저 떠오른 이름

주도면밀
—이현승 兄에게

어느 날
나는 사무쳐진다
어둠 속
도로 한복판
네거필름(negative film)의 표면에

타닥타닥
빗줄기가
내 몸을 밤새 도닥여주었지

몹시 어두워서 애써 밝아야만 했던 날들
조도(照度)를 높이기 위해
더 많이 웃고 더 크게 떠들었다

덕분에
사람들은 밤에도 시퍼렇게 눈 뜨고 다닐 수 있었지

그리고 어느 날
나는 파묻혀진다
더 어두운 어둠 속
여집합 한복판
매섭게 녹슬어가는 기억의 표면에

아슬아슬
핏줄기가
내 맘을 밤새 부여잡아주었지

못내 아쉬워서 귀를 쫑긋 세우고 지냈던 날들
어둠에 익숙해지기 위해
잠자고 잠자는 법을 몸에 익혔다

덕분에
사람들은 낮에도 새하얗게 꿈속에 투신할 수 있었지

그러던 어느 날
나는 까무러친다
새하얀 꿈속에서
시퍼런 눈을 뜨고
당신과 당신, 그리고 당신을 맞이한다

슬멋슬멋
뇌줄기가
내 몸과 맘을 밤새 일으켜주었지

그리하여 다음날
나는 다시 일어난다

어느 날이 아닌 여느 날처럼
진작부터 이 아침이 치밀하게 계획되어 있었던 것처럼

낮이 되자,
꿈속으로 당신과 당신, 그리고 당신이 줄지어 걸어들어
온다
사방이 차오르기 시작한다
지금의 이 빽빽한 눈빛들을 하나하나 기억해야 한다
호흡들에 깃든 다정한 온기를 잊지 말아야 한다
나는 당신들에 둘러싸여 서서히 자세해지는데,

밥 한 술 더 뜨겠다고,
시 한 줄 더 쓰겠다고,
틈을 비집고, 글쎄, 어떤 그림자가,
불처럼 쑥처럼,
불쑥, 튀어나와, 뭉클하게 나를 덮치고……

말이 되는 이야기
—정재학 兄에게

한참의 침묵 끝에 그가 말을 냈습니다.

당신은 누구십니까.
곡진한 태도로, 더욱 간절한 목소리로.

나는 침묵의 수명을 연장하고 싶습니다.

당신은 먼 곳까지 달릴 수 있습니까.
아뇨, 대신
나는 더 먼 곳에서도 들릴 수 있습니다.

그가 손가락 두 개를 입술에 가져다대었습니다.

나는 침묵의 수명이 다했다는 사실을 인정했습니다.

혹시 말을 떼던 순간을 기억하십니까.
대답을 하려다 말고 그는 가만히 말을 삼켰습니다.
그렇게 말을 아끼는 법을 터득하고 있었습니다.

말이 조금 무거워졌다가
어느 순간, 물 흐르듯 하기 시작했습니다.
더 말할 것도 없었습니다.

드디어 내게도 앞세울 것이 생긴 순간을,
똑똑히 기억합니다. 나는
그가 더욱 힘겹게 삼킨 말을 더더욱 힘겹게 뱉어내었습
니다.

너무 많은 말들이 한꺼번에 쏟아져나왔습니다.

그는 그 말들 하나하나에 존재해야 할 최소한의 이유를 찾
아다주었습니다.

말들은 너무 많았지만,
모래알같이 작은 말까지도
빠짐없이 빛났습니다.

나는 입을 다물고 그를 바라보았습니다.
그의 울대뼈가 금방이라도 튀어나올 듯
움찔거리고 있었습니다.

말이 통한다는 것
말을 맞춘다는 것
말이 되는 순간이 찾아온다는 것
말이 되는 소리가,
말이 되는 이야기가 된다는 것.

너무 많은 말들이 두드러지고 있었습니다.

나는 말들을 몇 개 가져다가
당신에게
당신 대신 질문합니다.

나는 누구십니까.
당신은 스스로를 좀 높일 필요가 있습니다.

그가 의롭게, 외롭게 길을 내고 있었습니다. 그 위에, 말
이 그대로 있었습니다. 말 그대로.

침묵이 한참을 더듬기 시작했습니다.

럭키 스트라이크

건수를 올리기 위해
우리는 볼링장에 간다

카운터에서
발에 딱 맞는 슈즈를 신청하고
10파운드쯤 되는 볼을 고른다
남들 다 하듯
손가락 사이사이 송진가루도 묻혀본다

세 개의 구멍에
볼링 담배 파업
세 개의 손가락을 사이좋게 끼우고
삼각진 친 핀들을 3초간 노려본다

미끈하게 잘 빠진 레인 앞
우리는 이제 미끄러져야 한다
승리의 포물선을 그려야 한다
발 디딜 권리를 되찾기 위해
트라이앵글의 빈틈을 파고들어야 한다

심호흡을 한 뒤
우리는 수상한 낌새에 바짝 다가간다
고도에 다다르기 위해

발작처럼 떼는 발짝, 발짝, 발짝

포조는 럭키를 기다리고
럭키는 스트라이크를 기다리고
볼링공은 둥글다
어디로 튈지 모른다
금방이라도 찢어질 듯
시종 두근거리는 삼각편대

손목이 날렵하게 허공을 찌른다
발뒤꿈치가 슬쩍 내뺀다
공이 손끝에서부터 구르기 시작한다
꼭짓점을 향해
덜컹거리며 굴러가는 시한폭탄

사태가 나고
꼭대기에서부터 산이 깎인다
분열 직전의
결딴 직전의
버뮤다 삼각지대

볼링엔 행운이 뒤따랐는가?
담배는 승리만큼이나 중독적이었는가?

파업은 마침내 성공했는가?

니코틴과 타르에 찌든
포켓 존이나
브루클린 존에서
희망 비슷한 것이라도 튀어나왔는가?

스크린에서 폭죽이 터지고
승리의 비명을 지르듯
펄럭대는 산꼭대기의 깃발

다시 출발점에 서서
호흡을 가다듬고
터키로의 망명을 꿈꾸며
스무 개의 핀에 불붙여
국회를 향해 힘껏 던진다

찬 공

찬 공은 둥글다 내가 찬 공은 둥글다 둥글었다 확실히 둥글었다 저만치 날아가서 아직도 둥근지는 확신할 수 없지만

너는 호기심으로 가득찬 얼굴로 물었다
찬 공이라는 게 있을 수 있는가 공의 온도를 잴 수 있는가 공이 온도를 가진다는 게 말이 되는가 공이 말이 될 수 있는가 꿈의 운동장을 꼬무락거리는 공이 아니라면

나는 가볍게 침묵했다가
무겁게 마음을 내리누른다

너의 얼굴에 분노가 차오르기 시작했다
이미 차버린 공은 여기에 없다 미련을 갖는 것이야말로 미련한 것이다 채워지면 이미 빈 것이 아니다 공허해져라 찬 공 앞에서 더 차가워져라 어서 꿈의 운동장에서 박차고 나와라

나는 떠올렸다
마주하거나 어쩔 수 없이 마주친 것들
텅 비어 있거나 0에 가깝거나 아예 가짜거나

거짓말처럼 피가 끓는다
모가 나고 있다 내 마음

허기가 져 공을 자꾸 채운다 네 안에 나를 들어차게 하고
싶다 너를 나의 분신으로 만들고 싶다 빵빵해져서 터지기
일보직전까지 최신판 백과사전처럼, 만개한 꽃봉오리처럼
넘쳐날 때까지

　운동장 중심에서 눈 딱 감고 너를 또 한 차례 가로챈다

　참다못한 네가 공을 울렸다 참을성 있게
공이 날아갔다
공처럼, 공처럼, 마치 찬 공처럼
복과 함께 차버린 공처럼, 둥글게, 멀리멀리 이 멀리

희망
—간빙기

얼음이 녹으면 뭐가 됩니까?
생물이 됩니다. 움직입니다.

생물은 어디로 움직입니까?
아무도 없는 곳으로 가려고 합니다.
생물이 생물을 위로하기 위해
위로, 위로, 더 위로.

높은 데에 올라가야 사람들이 쳐다봅니다.
위는 위험하고, 위는 경이롭습니다.
너무 아파서 앞세울 수 없었던 사정들이
생물과 함께 드러나고 있습니다. 움직임으로

높은 데에서는 크나큰 비가 내립니다.
짜고 축축한 것이 자꾸 내립니다.
간절하게 허공을 두드립니다.

아래에는
아직 반쯤은 얼어 있는 생물이 서 있습니다.
벌써 반쯤은 녹아 있는 생물이 앉아 있습니다.
서로 다른 이유로 춥습니다. 뜨겁습니다.

얼음과 얼음 사이

생물과 생물 사이
그 사이를 비집고 들어갑니다.

마음을 품으면서,
그 마음을 서로에게 기꺼이 들키면서

우리는 지금 자발적으로 녹고 있습니다.
평형 상태로 요동하고 있습니다.

반쯤 물에 잠겨
열린 마음으로, 움직이고 있습니다.

힘

그는 매처럼 매섭다
네 눈의 중심을 옮길 수 있다
기원을 거슬러
너를 잠시 공중에 뜨게 할 수도 있다

너는 그를 사랑할 수 없다
곁에 두기에
그는 너무 강하다
너는 번번이 그에게 부친다

너는 나가떨어지고
날아가는 비닐봉지를 잡아채는
진공청소기처럼
그는 너를 자꾸만 빨아들인다

네가 할 수 있는 일은 고작 무엇이겠는가
또다른 그를 부르는 것
너를 경계 위로 건져올리는 것

또다른 그는
그를 제압할 재능을
십분 발휘하고
이십 분, 삼십 분

원한다면 그것을 한 시간까지 끌어올리고

너는 구석에서
손을 꼭 쥔 채로 위태롭게 잠이 들고
네 주먹에 잡힌 마지막 먼지에
새끼손톱의 온기를 전하고

또다른 그가 그를 물리치고
너는 또 한번 세계의 작동 원리를 이해하고

비로소 편안히 눈을 감고

지진이 난 후
지구의 가장 뜨악한 부위에서
한 그루 소나무가 솟아나듯

너는 잠시 후 또다시 발생하고

해설

너 혼자가 아니야, 단어야

김언(시인)

　　　　　　더 좋은 시는 단어를 사랑하는 일로부터 나온다.*

　여기 한 단어가 있다고 치자. 무엇이든 좋다. 어떤 단어라
도 좋으니 한 단어가 있다고 치자. 어떤 단어가 좋을까 고
심하기도 전에 나는 한 단어를 이미 빌려와서 썼다. '설'이
라고.
　'설'이라는 말. '설'이라는 단어. 그것의 뜻을 곰곰이 따지
거나 음미하기 전에 먼저 발음부터 해보자. 내 입에서 나지
막이 발음되면서 발설되는 단어. '설'은 발음이 거듭될수록
그것이 거느리고 있었을 이러저러한 뜻으로부터 점점 멀어
지는 것 같다. '설'이 무슨 뜻이었을까 되새겨보기도 전에
그것은 '털'이나 '살' 혹은 '섬'과 같은 여타의 단어들과 간
신히 변별되는 '음가(音價)'만 남은 채 발음된다. 발음이 거
듭되고 있다. 종내에는 '음가(音價)'조차도 부질없는 어떤
상태의 '음(音)'만 남아서 떠돈다. 내 입에서 시작하여 내 입
에서 끝없이 맴돌고 있는, 뜻도 음가도 부질없어져버린 어
떤 음(音)이자 소리. 설.
　어떤 단어이든 그것이 단음절에 가까운 단어일수록, 반복
되는 그 소리의 끝은 의성어나 의태어를 향해 가는지도 모

_____

＊오은, 「풀리는 시, 흘리는 시―더 좋은 시에 대한 단상」, 『현대시』
2013년 1월호, 112쪽.

154

르겠다. '설'이라는 단어가 발음을 거듭할수록 '설설' 기어가는, 기어서라도 가야 하는 이 글의 모양새를 되비추는 의태어로 둔갑해가듯이. 설설설 더 기어서 가기 전에 '설'이라는 단어에서 발을 빼자. 소리만 남아서 메아리치는 그 소리에서 벗어나자. 한 발짝 두 발짝 벗어나면서 '설'은 다시 음가를 되찾고 뜻까지 다시 갖추어가는 어떤 단어가 될 것이다. '설'이 소리의 끝에서 돌아오고 있다.

끝까지 갔던 한 해가 돌아오고 있다. 새해의 첫날이 돌아오고 있다. 네 입에서도 내 입에서도 아침마다 칫솔로 쓸어내리는 내 혀(舌)에서도 돌아오고 있다. 하나의 견해나 학설(說)처럼 돌아올 수도 있고, 좀더 억지를 부린다면 설(薛)씨 성을 가진 사람을 통해서도 돌아올 수 있다. 그것은 돌아와서 어느 순간 쐐기(楔)처럼 내 의식에 박힐 수도 있다. '설'은 다양하게 돌아올 수 있다. 음가를 회복하고 하나씩 뜻을 회복하면서 '설'은 더 많은 '설'이 되어 돌아오고 있다. 그 많은 '설'을 감당하기 위하여 우선은 사전이 필요하고 사전 비슷한 것이라도 필요하고 다음에는 사전이 필요 없어진다. 사전 없이도 우리는 그 많은 '설'을 잘 구별하고 산다. 감당하기 힘들 정도로 그 많은 '설'의 용례가 서로 겹치면서 혼란을 초래한다면, 사전보다 먼저 우리의 혀가 '설'의 의미를 대폭 정리했을 것이다.

여러 뜻을 거느린 '설'은 이미 안정된 상태로 우리의 입과 눈과 귀 근처를 맴돌고 있다. 안정된 상태이므로 잘 쓰이기만 하면 되는 시절을 '설'은 지나고 있다. 뜻하지 않은 계기로 새삼 막대한 불편이 초래되지 않는 이상 '설'은 이 상태를 유지하면서 우리의 언어생활에 계속 밀착해 있을 것이다. '설'이라는 단어를 공유하는 우리 역시 그러한 밀착 상태를 애써 거부할 필요를 못 느낄 것이다. 마치 공기처럼 편안하게 우리를 둘러싸고 우리의 언어생활을 지배하고 있는 그 많은 '설'을 새삼 눈여겨볼 기회는 많지 않다. 사람도 많지 않다. 어쩌다가 눈에 들어오는 귀에 박히는 그리하여 혀 끝에서 자꾸 맴도는 '설'의 이러저러한 용례가 드물게는 누군가의 눈과 귀와 혀를 필요 이상으로 자극할지도 모른다. '필요 이상'이란 말은 필요하지 않아도 된다는 걸 전제한 말이며, 따라서 그것은 일견 유희처럼 보이고 장난처럼 치부되고 놀이처럼 착각되는 어떤 말의 사태를 불러일으키기도 한다. 필요 이상으로 벌어지는 어떤 말의 사태는 어디서든 벌어지고 어디서든 포착할 수 있다. 멀리 갈 필요 없이 맨 먼저 눈에 띄는 사태부터 구경하자. 눈사태가 난 것처럼 호들갑을 떨 필요는 없을 것 같다. 기껏해야 '말사태'인데, 누군가는 그것을 대단한 비밀을 간직한 것처럼 꼭꼭 참아두었다가 쟁여두었다가 더는 참다못한 지경에서 터뜨린다. 아래는 그 폭발의 현장 중 하나다.

익은 감자를 깨물고 너는 혀를 내밀었다 여기가 화장실이었다면 좋겠다는 표정이었다 바로 지금이었다 나는 아

무도 듣길 원치 않는 비밀을 발설해버렸다 너의 시선이 분산되고 있었다 나에게로 천장으로 스르르 바깥으로

방사능이 누설되고 있었다 너의 눈빛을 기억할 시간이 얼마 남지 않았다 너는 여기가 바로 화장실이라는 듯, 바지를 내리고 시원하게 노폐물을 배설했다 노폐물은 아무런 폐도 끼치지 않지 너의 용기에 힘껏 박수라도 치고 싶었다

이 모든 일이 내년의 첫째 날에 일어났다 그날은 종일 눈이 내렸다 소문처럼 온 동네를 반나절 만에 휩싸버렸다 문득 폐가 아파와 감자를 삶기 시작했다 여기가 화장실이 아닐지도 모른다고 생각하니 말이 더 마려웠다

—「설」 전문

도착하고 보니 폭발은 이미 일어났고 잔해를 수습하는 일만 남은 현장에서 맨 먼저 발견되어야 하는 것이 있다면 아마도 '혀'가 아닐까. 폭발하듯이 '말사태'가 벌어진 이 현장을 아우르는 단어가 '설'이라는 걸 감안하면 당연한 수순이겠지만, 그곳이 하필이면 화장실과 연관된 곳("여기가 화장실이었다면 좋겠다")이라면 사정이 달라진다. '혀' 다음에 발견될 잔해들의 목록이 달라지는 것이다. '혀'가 발설(發說)기관인 동시에 배설(排泄)과도 연관된 기관으로 무게중심을 옮겨가면서, 현장에서 발견되는 잔해들 역시 단순히 '비밀'의 수준을 넘어 '노폐물'과 '방사능'으로 그 목록을 확장해가는

것이다. 몸속의 노폐물처럼 "아무런 폐도 끼치지 않"는다지만, '방사능'까지 동원된 이 폭발의 현장이 거느린 규모는 결코 작아 보이지 않는다. 작지 않은 규모만큼 적지 않은 용기가 뒤따라야 발생 가능한 폭발의 현장이자 어떤 '말사태'의 현장. 참다못해 누군가를 향해 '감자를 먹이는' 행위에도 용기가 필요한데, 하물며 "온 동네를 반나절 만에 휩싸버"리는 어떤 말사태를 일으키고 감당하는 데도 용기는 필요할 것이다. 감당하든 못 하든 그 용기에 일단은 박수를 보내자. 짝짝짝. "힘껏 박수라도 치고 싶"은 일은 그러나 한 번으로 그칠 것 같지 않다. "이 모든 일이 내년의 첫째 날에 일어났다"는 미래와 과거가 교묘히 뒤섞인 문장에서 '설'은 '새해의 첫날'을 뜻하는 단어로 한번 더 몸집을 부풀리면서 이 모든 말사태가 단발성으로 그치지 않을 것임을 암시한다. 과거에 이미 벌어진 일과 미래에 장차 벌어질 일을 한데 묶어서 '미래에 이미 벌어진 일'로 제시한 저 문장이 강조하는 바는 사태의 심각성이 아니라 그 반복성에 있을 것이다. 사태는 이미 벌어졌고 앞으로도 벌어진다. 앞으로도 벌어질 것이다. 아니다. 앞으로도 이미 벌어졌다고 단언하는 저 문장에 걸린 하중은 단순히 시 한 편을 효과적으로 떠받치는 수준을 넘어서 어떻게든 되풀이될 것이 분명한 어떤 말사태의 운명을 지탱하는 수준으로까지 확대된다.

운명은 패턴을 형성하면서 되풀이된다. 패턴이 누적되면서 운명은 더 단단해진다. 발설하듯이 그리고 배설하듯이 무엇보다 폭발하듯이 벌어진 저 현장의 말사태 역시 어떤 패턴을 형성하면서 누적되어온 전적이 없었다면 앞으로도 되풀이될 것을 단정하는 발언은 탄생이 불가능했을 것이다. 누적되는 반복을 확인하는 발언은 누적되는 반복 속에서 탄생하고 또 무게감을 얻는다. 누군가의 말사태가 쌓아온 전적(前績)은 이미 한 권의 단단한 성과물(2009년 출간된 『호텔 타셀의 돼지들』이라는 시집)로 우리 앞에 도착한 적이 있으며, 이후에 벌어질 수도 있는 온갖 말사태 역시 앞선 말사태의 전적 속에서 전적 밖으로 크게 벗어나지 않을 것임을 예감해야 한다. 예감하는 동시에 각오해야 하는 어떤 말의 사태. 그 사태가 벌어지는 광경을 한번 더 되풀이해서 보자. 되풀이되는 패턴을 확인하기 위해서라도.

　찬 공은 둥글다 내가 찬 공은 둥글다 둥글었다 확실히 둥글었다 저만치 날아가서 아직도 둥근지는 확신할 수 없지만

　너는 호기심으로 가득찬 얼굴로 물었다
　찬 공이라는 게 있을 수 있는가 공의 온도를 잴 수 있는가 공이 온도를 가진다는 게 말이 되는가 공이 말이 될 수 있는가 꿈의 운동장을 꼬무락거리는 공이 아니라면

　(……)

너의 얼굴에 분노가 차오르기 시작했다

　이미 차버린 공은 여기에 없다 미련을 갖는 것이야말
로 미련한 것이다 채워지면 이미 빈 것이 아니다 공허해
져라 찬 공 앞에서 더 차가워져라 어서 꿈의 운동장에서
박차고 나와라

　(……)

　참다못한 네가 공을 울렸다 참을성 있게
　공이 날아갔다

　　　　　　　　　　　　　　　—「찬 공」 부분

　현장에 도착하니 이번에는 '찬 공'이 굴러다닌다. '찬 공'
이라? 골치 아프게 생각할 필요 없이 그것은 누군가 뻥 차
버린 공이라는 생각. 누군가 발로 차버린 공이라는 짐작과
확신. '찬 공'은 그러나 짐작과 확신을 넘어 계속 굴러다닌
다. 계속 굴러다니면서 발음된다. 찬 공 찬 공 찬 공…… 운
동장에 있어야 할 그것이 혀끝에 머물면서 불러일으키는 이
상한 의구심은 '찬 공'을 결코 '누군가 찬 공'으로 한정시킬
수 없는 지경으로 몰아간다. '찬 공'에 대한 생각을, '찬 공'
에 대한 막연한 짐작과 기대를 배반하면서 '찬 공'은 마침내
갈라진다. 뻥 터지면서 갈라진다. '찬'과 '공'으로.

'찬'은 '차다'를 기본형으로 하여 '발로 차다(蹴)' '몸이 차다(冷)' '가득차다(滿)' 등의 용례를 거느린 단어들로 다시 갈라진다. 그들은 같은 음을 공유하면서 서로 다른 뜻을 가진 단어들, 이른바 '동음이의어'를 이루는 단어들이다. '찬'에 붙어 있는 '공'도 마찬가지로 갈라질 수 있다. 영어의 'ball'에 해당하는 '공'이 있는가 하면, 수학이나 불교에서 말하는 '공(空)'이 있고, 공로(功勞)를 뜻하는 '공(功)'과 공공(公共)을 뜻하는 '공(公)'도 있다. 복싱 경기에 사용되는 'gong'도 같은 음으로 발음되면서 '공'의 동음이의어를 이룬다.

떼굴떼굴 굴러서 우리 앞에 막 당도한 '찬 공'은 이처럼 많은 '이의(異意)'를 거느릴 수 있다. 아울러 '누군가 찬 공'이라는 막연한 짐작과 확신에 '이의(異議)'를 제기할 수도 있다. 「찬 공」에 등장하는 '찬 공'은 이 모든 가능성의 응집체로서 우리 눈앞에 도달하고 또 달아난다. 뜯어볼수록 갈라지는 의미와 발음할수록 수상해지는 정체를 꽉 차 있는 호기심으로 동시에 텅 비어 있는 확신으로 더듬더듬 접근하면서 또하나 풍성한 말사태를 일으키는 곳에 '찬 공'은 놓인다. 놓이는 순간 미끄러진다. 이 의미에서 저 의미로, 저 의미에서 "멀리 멀리 이 멀리"(「찬 공」) 다른 의미로 미끄러지는 상태를 반복하는 말사태의 한 덩어리. 그것이 「찬 공」이며, 거기서 우리가 발견해야 할 것은 다시, 패턴이다. 「찬 공」을 이루는 패턴이면서 「찬 공」을 비롯한 일련의 말사태들이 이루는 패턴.

패턴은 단순하다. 복잡한 것은 패턴이 되기 힘들므로. 복잡한 것을 단순화하는 것이 또한 패턴이므로. 앞서 살펴본 말사태의 두 현장「설」과「찬 공」을 관통하는 패턴 역시 그리 복잡한 설명을 필요로 하지 않는다. 의외로 단순한 모형에 기대어 파악할 수 있는 그것을 단계별로 옮기면 다음과 같다. 우선은 발견의 단계. 다음은 수집의 단계. 마지막으로 변환의 단계. 이 세 단계를 거치면서 말사태는 때로는 폭발이 일어난 것처럼 때로는 눈사태가 벌어진 것처럼 걷잡을 수 없는 상황을 연출하기도 하지만, 그것의 시작은 아주 사소한 발견 하나에서 비롯된다. 바로 단어의 발견이다. 단어 하나의 발견. 장차 엄청난 규모의 말사태를 초래할 수도 있는 그 단어의 발견에는 한 가지 특이한 제약조건이 따라붙는다. 사실상 모든 단어가 들어갈 수 있는 발견의 목록에서 유독 한 가지 제약조건이 강하게 작동하는데, 바로 동음이의어로 활용 가능한 단어인가 아닌가가 그것이다. 그 자체 동음이의어이거나 동음이의어로 변환 가능한 단어를 중심으로 이루어지는 발견의 사례는 앞서 등장한 '설'이나 '찬 공'의 '차다'와 '공' 말고도 얼마든지 더 찾아볼 수 있다. 가령 이런 것들.

나는 란드에서 태어나 란드에서 자라났다

남아프리카공화국에서는 물건을 사고팔 수 있는 란드,

돈이 되는 란드

　여기는 땅이다

—「란드」 부분

　일단 세우고 말하자. 날을. 잡은 것 같았다. 감을. 딸 수
있을 것도 같았다. 병을. 모르는 게 약이라지만

—「날」 부분

　얼음이 녹으면 뭐가 됩니까?

　생물이 됩니다. 움직입니다.

—「희망—간빙기」 부분

　땅도 되고 돈도 되는 '란드(land/rand)', 날짜도 되고 칼
날도 되는 '날', 느낌도 되고 과일도 되는 '감', 그릇도 되고
질병도 되는 '병', 물도 되고 생명체도 되는 '생물'. 모두 문
장에서 동음이의어로 기능하는 이런 단어들이 차곡차곡 발
견의 목록을 채워가면서 그리고 서서히 몸집을 부풀려가면
서 앞으로 벌어질지도 모르는, 아니 반드시 벌어지고야 마
는 어떤 말사태의 기원으로 자리 잡는다. 말사태의 기원이
되는 단계를 확인했으니 이제 다음 단계로 넘어가야겠지만,
그 전에 짚고 넘어갈 것이 하나 있다. 사소하지만 까다로운
제약조건 탓에 거의 동음이의어로만 채워질 수밖에 없는 발
견의 목록에서 온전히 동음이의어로만 부를 수 없는 것들이

163

틈틈이 확인된다는 사실이다.

> 나는 이 세상을 쥐락펴락한다. 너희들을 가두고(쥐
> Lock), 너희들을 흔들고(쥐Rock), 급기야 너희들을 기쁘
> 게 한다(쥐樂). 펴락처럼, 필요악처럼.
>
> —「래트맨(Ratman)」 부분

> 42,195명의 환호를 받기 위해 42.195km를 쉬지 않고 달
> 리는 사람
>
> —「인과율」 부분

우선 '쥐락펴락'의 '쥐락'에서 '락'이 가둔다는 뜻의 'Lock'
과, 흔든다는 뜻의 'Rock'과, 기쁘게 한다는 뜻의 '樂'과 동
음 혹은 유사음의 관계를 이루면서 마치 동음이의어처럼 문
장에서 다양한 의미로 활용된다는 점에 주목하자. 다음으로
마라톤 코스의 규정 거리인 '42.195km'와 소수점 위치만 다
를 뿐 같은 숫자로 배열되는 '42,195명'은 동일한 소리뿐만
아니라 동일한 표기를 통해서도 동음이의어와 유사한 효과
를 불러일으킬 수 있다는 걸 환기한다. 이러한 사례는 온갖
말사태의 전적이자 전작에 해당하는 『호텔 타셀의 돼지들』
에서도 발견되는데, "모스크 바(bar)에 가자 모스크 바에 가
면 당대 최고의 가수 빅토르 최를 만날 수 있다 제네 바의 가
수는 항상 하이디"(「말놀이 애드리브」, 강조 원문)나 "처음

에 당신은 나를 시력이라고 불렀어요 시월이 되자 나는 아침 기온이 되었고 당신의 샤프심 굵기가 되어"(「0.5」)에 등장하는 동일한 소리('모스크 바'와 '모스크바')와 동일한 표기('0.5') 역시 문장에서 동음이의어처럼 활용되고 있음을 확인할 수 있다. 요컨대 단어뿐만 아니라 어떤 소리나 표기가 '동일한 형태로' 문장에서 '다른 의미로' 활용될 수만 있다면 얼마든지 발견의 목록에 들어갈 수 있는 것이다. 말사태의 기원에는 이처럼 동음이의어를 넘어 동일한 소리와 동일한 표기를 이루는 것들의 목록까지 들어가 있다는 걸 확인해두자.

발견의 단계를 지나면 이제 수집의 단계가 기다리고 있다. 문장에서 동음이의어처럼 활용 가능한 대상이 발견되었다면, 다음으로 그 대상과 동일한 꼴을 여기저기서 끌어모으는 일이 남는다. 예컨대 '설'이 발견되었으면 '설'과 같은 꼴을 가진 단어를 사전에서든 일상생활에서든 손닿는 대로 찾아서 모으는 작업이 기다리고 있는 것이다. 빗자루로 구석구석의 먼지까지 샅샅이 훑어내는 일에 비견될 만한 그 작업은 동음이의어처럼 활용될 만한 모든 단어/소리/표기를 대상으로 하지만, 그것들 모두가 수집의 다음 단계인 변환 단계로 넘어가는 것은 아니다. 단계를 거듭하면서 점점 몸집을 부풀려가는 말사태에 이바지할 수 있느냐 없느냐에 따라 어떤 것은 수집의 단계에만 머물고 어떤 것은 수집과 더불어 변환의 단계로 넘어갈 자격을 부여받는다. 앞서 등장한 '설'이나 '찬 공'의 '차다'와 '공'도 여러 동음이의어 중 일부만이 변환의 단계로 넘어가 말사태에 동참할 수 있었던 것을 상기하자.

수집되는 동시에 선별되는 과정을 거친 같은 꼴의 단어/소리/표기가 차곡차곡 쟁여지는 단계가 극에 달하면 다음 단계는 저절로 작동을 시작한다. 임계점을 사이에 두고 액체의 무르익음이 기체의 설익음으로 넘어가듯이 수집의 단계가 무르익을 대로 무르익은 곳에서 변환의 단계는 서서히 기지개를 켜기 시작한다. 그러다가 어느 순간 갑자기, 폭발적으로 진행된다. 직전까지 수집의 단계에 머물러 있던 단어/소리/표기들이 한순간 걷잡을 수 없는 말사태에 휩싸이는 것이다. 그것들은 말사태를 일으키는 부속품으로 확인되기도 전에 이미 터져버린 말사태의 잔해로서 발견된다. 그만큼 순식간에 벌어지는 변환의 단계는 폭발과도 같은 말사태가 일어났다는 사실만 확인시켜줄 뿐 그것의 세세한 과정은 끝내 미스터리한 상태로 봉해둔다. 폭발은 일어났고 파편은 발견되었으되 폭발의 과정만큼은 영영 추적이 불가능한 상태로 변환의 단계는 화려하게 종결된다. 화려한 종결과 더불어 우리 눈앞에는 온갖 파편으로 쌓아올린 수상한 건축물 하나가 배달되는데, "풍부한 건물"이면서 동시에 "거대한 잿더미"이기도 한 그것은 "위태로운 집"(「건축」)이자 말사태의 분명한 성과물이다. 그것의 어수선한 모양새는 집집마다 다르고 규모 또한 다르다. 저마다 다른 양상을 보여주는 말사태의 성과물은 발견/수집/변환의 단계별로 거의 동일한 패턴을 따라 형성되지만, 딱 한 군데 변환의 단계에서 결정적으로 갈라지는 운명을 맞이한다.

말사태의 모양과 규모와 운명까지 좌우하는 변환의 단계는 달리 말해 '부림'의 단계이다. 발견과 수집을 통해 이제껏 모아온 동형의 단어/소리/표기들을 적극적으로 또 본격적으로 부려먹는 단계. 말사태의 하이라이트이면서 동음이의어의 활용을 최대치로 끌어내는 이 단계는 그러나 그것이 작동되는 과정이 철저하게 봉인되어 있다는 점에서 흡사 마술 상자의 단계라고도 할 수 있다. 만약 마술 상자와도 같은 이 부림의 단계가 속속들이 드러난다면, 말사태를 둘러싼 사실상 모든 신비가 걷히는 것과 같다. 특히 말사태를 이루는 핵심적인 원리가 파악되면서 말사태는 완벽하게 통제 가능하고 복제 가능한 상황 아래 놓이게 될 것이다. 덕분에 누군가가 이루어놓은 말사태를 그대로 본떠서 재현해낼 수도 있을 것이다. 아쉽지만 그런 일은 아직 일어나지 않았고 일어나기도 힘들 것 같다. 그것은 영원히 신비한 단계로 머물면서 우리의 주의를 한없이 끌어당기는 데 열중할 것이다.

한없이 주의를 요하는 일련의 말사태가 문학의 한 장르로 귀속될 때, 누군가는 그것을 시라고 부를 것이며, 시로 배정받는 순간 온갖 말사태의 양상은 곧바로 시의 개별적인 특성, 즉 개성을 이루는 지점이 된다. 말사태 하나하나의 양상이 곧 시의 개성을 이룬다면, 일련의 말사태를 전체적으로 관장하는 동시에 관통하는 그 무엇에 상응하는 것이 곧 누군가의 시세계가 아닐까. 따라서 누군가의 시세계를 조망하려면 그 전에 먼저 일련의 말사태를 조감하는 과정이 필요하며, 거기서 도출된 것이 이른바 '패턴'이었다. 다시 말하지만 말사태를 발생시키는 패턴은 발견과 수집과 변환의 단계를 따른다. 그러나 마지막 변환의 단계는 여전히 마술 상자처럼 봉인되어서, 무엇이 일어났다는 사실만 알려줄 뿐 어떻게 일어났는지에 대한 정보는 결정적인 대목에서 은폐된다. 동음이의어로 활용될 만한 어떤 단어/소리/표기들이 발견되고 수집되면서 급기야 일련의 말사태로 폭발하는 과정에서 가장 중요한 폭발의 순간이 은폐되어 있는 것이다. 폭발의 순간에 대한 정보는 영원히 오리무중인 채로 폭발 직전의 상황과 폭발 직후의 결과물로만 우리 앞에 전시되는 것이다.

영원히 불가해한 폭발의 순간은 한편으로 영원히 기계적인 장치로는 접근이 불가능한 시의 탄생의 비밀을 담고 있는 순간이기도 하다. 시의 태생적인 신비이면서 한 시인의 시가 생성되는 비밀이기도 한 그 순간을 그렇다고 두 손 놓고 우연한 사태로만 받아들일 일은 아닌 것 같다. 그것은 말라르메식의 '주사위 던지기'처럼 전적으로 우연에 기댄 놀이와는 차원이 다른 지점에 놓인다. 그것은 놀이이되, 필연적인 규칙을 가진 놀이다. 규칙을 벗어나면 놀이 자체가 성

립되지 않는 놀이. 이른바 '말놀이'로 지칭되는 일련의 말사
태는 그것이 폭발하는 순간이 완강히 봉인되어 있는 만큼이
나 단단한 규칙 아래서 벌어지고 또 이루어진다.

　오늘도 너는 말놀이를 한다. 재잘재잘. 도중에 말이 막
히면 너는 물을 마신다. 벌컥벌컥. 그리고 너는 물놀이를
한다. 첨벙첨벙. 도중에 배가 고프면 너는 미움을 먹는다.
허겁지겁. 그리고 너는 맛놀이를 한다. 우적우적. 도중에
배가 부르면 너는 몸놀이를 한다. 폴짝폴짝. 그리고 너는
망놀이를 한다. 호시탐탐. 도중에 도둑을 잡으면 너는 멋
놀이를 한다. 찰랑찰랑. 그리고 너는 무(無)놀이를 한다.

　놀이를 안 하는 게 지루해지면 너는 문놀이를 한다. 찰
칵찰칵. 도중에 잠이 오면 너는 몽(夢)놀이를 한다. 꿈틀
꿈틀. 그리고 꿈에서 너는 말놀이를 한다. 딸깍딸깍. 말
을 타는 도중에 멀미를 하면 너는 맥놀이를 한다. 두근두
근. 그리고 너는 정신을 차리기 위해 멱놀이를 한다. 어푸
어푸. 도중에 머리카락이 잡히면 너는 몇놀이를 한다. 십
중팔구. 그리고 너는 맘놀이를 한다. 무럭무럭. 도중에 또
다시 배가 고프면 너는 맘 놓고 마음을 먹는다. 거푸거푸.
그리고 너는 못놀이를 한다.

　놀이를 못 하는 게 억울해서 너는 ㅁ놀이를 한다. 입(口)

으로 들어가서 누군가가 ㅂ을 던져줄 때까지 나오지 않는다.
—「ㅁ놀이」전문

　어느 날 문득 한국어의 여러 자모 중 하나인 'ㅁ'이 발견되고, 'ㅁ'으로부터 파생되는 여러 놀이들이 발견되고, 'ㅁ'을 포함하는 놀이이면서 서로 다른 놀이인 '말놀이' '물놀이' '맛놀이'들이 발견되고, 거기에 어울리는 '재잘재잘' '첨벙첨벙' '우적우적' 같은 의성어나 의태어가 함께 발견되고, 발견의 누적은 어느 순간 수집의 단계에 이르고, 좀더 방대한 수집의 단계를 부르고, 방대한 수집을 거치면서 한자리에 모인 목록들의 밀도가 임계치에 이르는 순간을 기다렸다는 듯이 폭발하는 사태. 폭발하면서 흩어진 잔해들이 또하나 수상한 건축물을 이루어놓은 현장. '거대한 잿더미'이면서 '풍부한 건물'인 이 수상한 잔해들이 이루어놓은 어리둥절한 질서를, 'ㅁ놀이'로 받든 말놀이로 받든 말사태로 받든 상관없이 우리가 여전히 목격할 수 없는 지점은 폭발의 순간이다. 폭발 이후의 현장만 고스란히 남아서 또다른 말의 향연장이 되어버린 지경을 구경할 수 있을 뿐이다.
　발견과 수집과 변환의 단계를 되풀이하면서도 그 모든 단계를 폭발의 순간에 감쪽같이 감추어놓은, 무엇보다 폭발하는 그 순간의 과정을 완벽히 덮어놓은 'ㅁ놀이'의 현장에서, 일련의 말사태와 관련하여 한 가지 되짚고 넘어갈 대목이 있다. 말사태의 발생조건이면서 말놀이의 성립조건을 환기하는 그것은 「ㅁ놀이」의 맨 마지막에 심지처럼 박혀 있다. "입(ㅁ)으로 들어가서 누군가가 ㅂ을 던져줄 때까지 나오지 않는다"는 발언은 최초 'ㅁ'의 발견에서 비롯된 말사태가 발견과 수집의 단계를 거쳐 걷잡을 수 없는 폭발을 일으키는 와중에도 결코 'ㅁ'의 영역을 벗어나지 않는다는 걸 명시한다. 폭발의 파장이 아무리 크더라도 'ㅁ'의 영역을 벗어나지 않는 한도 내에서 말사태는 벌어지며, 이는 'ㅁ'으로 시작해서 'ㅁ'으로 끝나는 'ㅁ놀이'가 성립하기 위한 대전제이자 부정할 수 없는 규칙에 해당한다. 'ㅁ'을 벗어나는 순간 'ㅁ놀이'도 끝나며, 'ㅁ놀이'라는 말놀이도 함께 운명을 고하며, 'ㅁ' 때문에 벌어졌던 말사태 역시 바로 그 지점에서 종료된다. 마치 '입(ㅁ)'의 형상처럼 세계를 향해 한껏 열린 동시에 단단히 닫힌 체계를 보여주는 말놀이의 규칙을 벗어나지 않는 궤도에서 말사태의 패턴은 이루어지고 또 완결된다.

낱낱의 말사태를 완성하면서 종결하는, 종결하면서 더욱 굳건히 다져가는 말놀이의 규칙이 작동하는 공간은 그리하여 주사위처럼 우연에 맡겨놓은 공간이라기보다 필연적인 연산 과정을 내포하고 있는 함수 상자에 가깝다. 거기에는 어떤 단어/소리/표기가 대입되어도 발견-수집-변환의 과정을 거쳐 마침내 폭발하는 순간에 이른다. 폭발하면서 '거대한 잿더미'와 '풍부한 건물'을 함께 펼쳐놓는다. 그것이 무엇이든 발견되는 순간부터 단어는 숙성되고 소리는 성장하

171

고 표기는 쉼 없이 자양분을 먹으면서 덩치를 키워가는 곳. 스스로 폭발에 이를 때까지 부피와 밀도를 함께 키워가는 곳. 그곳이 함수 상자라면 그 상자는 달리 말해 "되고 싶은 건 다 되어볼 수 있"는 "엄마의 자궁"과도 같은 곳이며, 바로 거기서 파괴와 창조가 동시에 이루어지는 폭발은 태아처럼 웅크리고서 덩치를 키워간다. "엄마의 자궁 안에서부터/ 엄마의 자궁 안에서까지// 그러니까/ 엄마의 자궁 안에서만/ 가능"(이상 「Be」)한 말놀이의 태생적인 한계는 규칙 안에서 번창하고 규칙 밖에서는 존재할 이유가 없는 말놀이의 성격을 일찌감치 규정한다.

규칙은 물론 다른 데 있지 않다. 최초 발견된 단어/소리/표기('설'이나 '란드'나 'ㅁ' 같은)에 그것은 이미 내장되어 있다. 말하자면 최초 발견된 단어/소리/표기가 규칙 그 자체인 것이다. 아래는 규칙에 따라 이루어지는 말이의 진행 과정을 한눈에 엿볼 수 있는 대목이다. 매뉴얼처럼 잘 요약된 그것을 따라 읽는다.

혼자여서, 나는 참을 수 없다
혼자가 아니라서
나는 참을 수 없다

이 현장을 산산이 부숴야겠어
이 순간을 샅샅이 뒤져야겠어

원소가 집합을 뚫고 나간다

나는 백지장 위에
까만 성을 쌓기 시작한다
너무 낮아 무너질 염려가 없는
너무 얇아 흐너질 걱정이 없는

—「도파민」 부분

장차 말사태를 초래할, 그러면서 말놀이의 규칙으로 자리
잡을 단어/소리/표기는 저 혼자 있는 것이면서 저 혼자 있
는 것이 아니다. 가령 'ㅁ'은 낱개의 음소로서 외따로 존재
하지만, 동시에 다른 음소들과 결합 가능한 존재이며, 무엇
보다 'ㅁ'에서 파생 가능한 여러 단어들 혹은 놀이들(말놀
이, 물놀이, 몸놀이 등등)의 핵심 부품으로 미리 들어가 있
는 존재다. 마치 동음이의어처럼 같은 꼴을 유지하며 다양
한 의미체로 활용 가능한 'ㅁ'은 따라서 혼자 있되, 결코 혼
자 있다고 말할 수 없는 그 무엇이다. 문제는 그 무엇의 발
견에 있으며, 혼자 있으면서 결코 혼자 있을 수 없는 단어/
소리/표기의 발견에 있으며, 그것이 발견된 다음에는 그것
과 더불어 존재할 수밖에 없는 그것의 친구들을 불러모으는
일이 남는다. 그러기 위해서라도 주변을 샅샅이 뒤져야 하
고 때로는 현장을 산산이 부수어서 그 속에서 찾아내는 일

도 마다하지 않아야 한다. 수색과 색출을 동반한 수집 작업이 극에 달하면, 최초 혼자 있는 것처럼 보였던 어떤 단어/소리/표기들이 결코 혼자 있지 않다는 걸 증명이라도 하듯 똘똘 뭉쳐서 거대한 힘을 발휘하는 순간이 찾아온다. 마치 "원소가 집합을 뚫고" 나가듯이 단수이면서 이미 복수인 어떤 단어/소리/표기(들)가 한꺼번에 폭발하듯이 뛰쳐나가는 순간을 맞이하는 것이다.

이후에 남는 것은 물론 잔해다. 너저분한 잔해이면서 기묘하게 쌓아올린 건물이다. 우리 앞에 도착한 이 어리둥절한 건축물을 새삼 뜯어보는 일이 마지막으로 남은 것 같다. 백지장 위에 쌓아올린 "까만 성"과도 같은 그것이 지시하는 바는 오해의 여지가 없을 정도로 명백해 보인다. 바로 언어다. 언어의 성채다. "너무 낮아 무너질 염려가 없는/ 너무 얇아 흐너질 걱정이 없는" 언어로 이루어진 성채. 무너질 염려도 흐너질 걱정도 할 필요가 없는 굳건한 이 성채가 결과적으로 종이 한 장보다도 못한 무게감과 존재감을 가진다는 사실을 어떻게 받아들여야 할까. 단어/소리/표기 하나의 발견에서 비롯된, 즉 언어의 발견에서 비롯된 놀이이자 사태이니, 그것이 다시 언어로 환원되는 것은 어찌 보면 당연한 일일 수도 있다. 그럼에도 "너무 많은 말을 내리쏟은 것처럼/ 그 말을 일일이 다시 주워 담은 것처럼/ 머리가 아"(「도파민」)픈 과정을 거치면서 도출한 결과물이 다시 언어가 될 수밖에 없는 상황을 대면하면서 어쩔 수 없는 허무

감을 느끼는 것도 사실이다. 말 한마디 한마디에 사활을 거는 모든 언어주의자들이 숙명적으로 맞닥뜨려야 하는 지점이기도 한 그곳에서, 당연함과 허망함이 교차하면서 간간이 찾아드는 성취감마저 한데 버무려버리는 그 공간에서, 정작 문제가 되는 언어는 어떤 답변도 들려줄 것 같지 않다. 어떤 질문도 받지 못한 사람처럼 자신의 말을 되풀이할 뿐이다. 나는 언어라고, 그리고 언어는 언어일 뿐이라고.

　허망한 가운데 당연한 듯이 존재하는 그것을, 그것의 공간을 다시 언어가 받으면서 말한다. 마치 '나'가 말하는 것처럼 받아서 '너＝언어'를 말한다. "네 앞뒤에는 너밖에 없다./ 네 양옆에는 너밖에 없다./ 네 위아래에는 너밖에 없다./ 네 안팎에는 너밖에 없다"고. 사방에 너밖에 없으니 '너＝언어'는 "홀로 무한한 사이가 되"는 공간일 수밖에 없으며, 사이처럼 비어 있는 공간이니 '너＝언어'는 사실상 어디에도 없다. 요컨대 부재로 꽉 찬 공간 그것이 언어이며, 따라서 언어는 언제나 "전체 아니면 공(空)"(이상 「빔」)인 공간으로 우리를 지배한다. '우리'라는 언어로 받을 수밖에 없는 공간을 다시 지배한다. "말들이 징검다리고 밥이고 우주고 엄마고 바로 당신이었던 그 무렵, 낙오된 귀를 열어젖히는 한없이 낯선 소리, 에르호 에르호……"(「그 무렵, 소리들」)에서, 애타게 '나'를 찾는 '에르호'라는 그 호명('에르호'는 '나'라는 뜻을 품고 있다고 한다)조차 결국엔 언어로 환원되는 소리일 뿐이다.

아무것도 아닌 언어가 사실상 모든 것인 언어 공간에서 언어는 모든 것을 지시할 수 있지만, 어디에도 다다를 수 없다. 심지어 '나'조차도 언어로 받으면서 '나'를 비껴간다는 점에서 언어 공간의 유일한 주체는 '나'가 아니라 명백히 '언어'다. 그리고 언어가 주체인 이상, 언어 안에서 언어를 벗어나려는 모든 노력은 다시 언어 안에서 수포로 돌아간다. 언어로, 언어를 통한 말놀이로, 언어 바깥에 다다르려는 노력이 어떤 불가능의 도정을 거치는지를 보여주는 적절한 사례이자 의미심장한 사태로서 아래의 현장을 살펴볼 필요가 있다.

물감을 떨어뜨렸다

사방에 물이 튀었다
사방으로 감이 사라졌다

아무것도 그릴 수 없다

나는 잠시 바닥과 그윽한 사이가 된다

너는 누구인가
너는 무엇으로 구성되어 있는가

너는 섣불리 너를 드러내지 않는다

너는 선명한가
너는 말랑말랑한가

접촉 없이는 너를 파악할 수 없는가

물이 좋은가 너는
질이 나쁜가 너는

문득 나는 너를 온몸에 덕지덕지 바르고 싶어진다

손을 길게 내뻗으면
너를 만질 수 있는가

너는 사방에 너무 멀리 있다
가까이 다가가기도 겁난다

너를 감각하는 것이 가능하기는 한가
나의 방법론으론 너를 파악할 수 없는가

찬물을 한 잔 들이켜고
순순히 너를 포기해야 하는가

물감은 고집스럽게 굳고 있다

여기는 사방의 중심
나는 끈질기게 묻는다

내가 과연 감을 되찾을 수 있는가
물질은 변화할 수 있는가

나는 내가 누구인지 자신이 없다
네가 무엇인지는 더더욱

사방이 불투명해지는 지금

물감이 바닥을 박차고 일어나
내 손바닥 위에서 흐르기 시작한다면
바닥이 융기해서
나를 들뜨게 한다면

캔버스를 활짝 펼쳐

기꺼이 너를,
너로써 후원하고 싶다

'물감'이라는 '물질'이 '물'과 '감'과 '질'로 나뉘면서 시작하는 이 말놀이의 현장은 이제껏 보아왔던 말사태와는 또다른 국면을 보여준다. 그것이 '물감'이든 '물질'이든 최초 발견된 단어가 말놀이를 지배하는 규칙으로 자리잡으면서 동음이의어처럼 활용되고 있는 점은 여느 말사태와 다르지 않지만, 최초 발견된 단어가 단순히 말놀이를 규정하는 수준을 넘어 말놀이 바깥, 그러니까 언어 바깥을 지향한다는 점은 예사롭게 보이지 않는다.

언어 바깥의 사물을 지향하는 언어는 우선 그 사물을 '너'라고 지칭하며 호출한다. "너는 누구인가" "너는 무엇으로 구성되어 있는가" "너는 선명한가" "너는 말랑말랑한가" "접촉 없이는 너를 파악할 수 없는가" 등에 등장하는 '너'는, 그러나 그것의 호명이 반복되면 반복될수록 역설적으로 '너'를 '너 자체', 즉 '사물 자체'로 파악할 수 없다는 사실만 강박적으로 드러낼 뿐이다. '너'는 부르면 부를수록 '너'로부터 멀어진다. '너=사물'이 되는 데서 끝없이 유예되는 것이다. 그러므로 사물을 사물 자체로 만지고 감각하고 파악하려는 "나의 방법론"은 처음부터 좌절을 내장한 방법론이며, 이는 '말놀이' 혹은 '언어'를 통해 사물에 일치하려는 방식이 애초부터 불가능한 도전임을 환기한다. 바닥에서 '고집스럽게' 굳고 있는 물감과 마찬가지로 언어 역시 '고집스럽게' 자기 말을 되

179

풀이한다. 언어는 언어일 뿐이라고.

사물에 일치하려는, 최소한 근접이라도 하려는 언어(에)의 끈질긴 욕망은 이처럼 좌절과 불가능을 머금고 회항할 수밖에 없다. 사물로서의 '너'는 물론이고 주체로서의 '나'도 언어 앞에서는, 아니 언어 안에서는 언어로 환원될 수밖에 없으며, 따라서 사물과 주체에 대한 모든 질문은 끝없이 유예되면서 무화된다. 언어의 자장 안에서 "나는 내가 누구인지 자신이 없"고 "네가 무엇인지는 더더욱" 자신이 없다. '너'도 '나'도 단지 '언어'라는 사실만 확인되는 그곳에서 "기꺼이 너를,/ 너로써 후원하고 싶다"는 맨 마지막의 열망 섞인 발언은 이렇게도 왜곡될 수 있는 것이다. '사물을, 사물로써 후원하고 싶다'가 아니라 '언어를, 언어로써 인정해야 한다'라고. 사물을 사물 자체로 받아들이려는 의지는 사실상 언어를 언어 자체로 받아들일 수밖에 없는 체념과 맞물려서 돌아간다. 모든 언어의 꿈이 사물에 가 있다면, 모든 사물의 종착지는 다시 언어를 향해 있다. "이것은 파이프다. 파이프는 파이프다. 파이프 말고 이것을 표현할 다른 수단을, 나는 알지 못한다"(「이것은 파이프다」)에 등장하는 '이것' 역시 '언어가 꿈꾸는 사물'과 '사물이 회귀하는 언어'가 한데 맞물린 지시어다.

다시 말하지만, 언어는 사물화되면서 동시에 사물을 언어화한다. 언어와 사물, 이 둘의 극복할 수 없는 간극이 각각 사물화와 언어화라는 형질 변화를 통해 가까스로 메워지

는 지점을 찾아가는 것. 메워지는 지점이 없다는 걸 알면서
도 감히 찾아가는 것. 도무지 불가능하지만 가능하다고 착
각하면서 찾아가는 것. 착각과 진리 사이에서 부스러기처럼
떨어지는 산물을 기록하고 또 기록하는 것. 그것이 시가 아
니라면, 단어 하나 소리 하나 표기 하나에서 말놀이의 규칙
을 발견하고 말사태의 폭발을 이끌어내는 온갖 노력 또한
시가 될 수 없었을 것이다. 그것은 사물에 대한 애정만큼이
나 단어 하나하나에 대한 애정이 깊지 않고서는 결코 일어
날 수 없는 일이다.

　말놀이든 말사태든 언어를 사물화하는 온갖 노력은 사물
을 언어화하는 정성과 다르지 않다. 언어로써 언어의 텅 빈
공간을 채워나가는 열정은 사물로써 사물의 꽉 찬 질서를
비워가야 하는 심정과 다른 곳에서 연원하지 않는다. 궁극
적으로 부재의 공간을 지시하는 언어가 쌓아올린 '거대한
잿더미'이자 '풍부한 건물'은, 살아가면서 사라져가는 모든
사물의 운명이 되풀이되는 현장이기도 하다. 그 현장에서
발견되는 단어 하나가 어느 순간 보석과도 같이 내 눈에 들
어오는 날이 있다. 그 보석을, 이미 보석이 되어버린 그 말
을, 어떻게 불려가느냐는 온전히 애정에 비례해서 달라질
것이다. 애정에 따라 얼마나 많은 말이 동원될 수 있는지는
아래의 현장에서 새삼 확인할 수 있다.

　작은홍띠점박이푸른부전나비를 보고

이 이름을 너에게 말하려는 찰나,
이 영민한 생명은 우리의 테두리를 벗어났다

(……)

때때로
너는 그 남자가 테트리스 블록에 눌려 압사하는 꿈을 꾼
다고 했지,

그러곤

보랏빛 눈물을 뚝뚝 흘리며
이름 없는 마약을 구하러 떠났지
바람에 실려 날아가는
한 마리 작은홍떠점박이푸른부전나비

(……)

너를 찾으러 나는 클럽이란 클럽은 죄다 돌아다녔지,
배수아의 붉은 손 클럽에도
코넌 도일의 붉은 머리 클럽에도
윤대녕의 코카콜라 클럽에도
이상운의 픽션 클럽에도

너는 없었어

오프라 윈프리의 북 클럽에도
아르투로 페레스 레베르테의 뒤마 클럽에도
애거사 크리스티의 화요일 클럽에도
데이비드 핀처의 파이트 클럽에도
빔 벤더스의 부에나 비스타 소셜 클럽에도
월트 디즈니의 미키마우스 클럽에도
박민규의 삼미 슈퍼스타즈의 마지막 팬클럽에도
너의 흔적은 없었지
　　—「작은홍떠점박이푸른부전나비에 관한 단상」 부분

　어느 날 문득 발견된 '작은홍떠점박이푸른부전나비'라는
"영민한 생명"체는 그 이름을 '너'에게 들려주려는 찰나, 언
어의 테두리를 벗어나서 날아가버린다. 언어의 테두리 안에
사물을 가둘 수 없는 사태는 새삼스러운 일이 아니겠지만,
이 시에서 청자인 '너'와 발견의 대상인 '작은홍떠점박이푸
른부전나비'가 어느 순간부터 한데 뒤섞이는 사태는 주목을
요한다. '너'는 내 말의 청자이면서 한순간 언어 바깥으로
사라져버린 '작은홍떠점박이푸른부전나비'처럼 애타게 찾
아야 하는 존재이다. 애타게 찾아다니지만 어디에서도 찾을
수 없는 존재이다. 네가 있을 법한 클럽이란 클럽은 다 찾
아서 헤매고 다니지만, 너의 흔적은 어디에도 없다. 왜냐하

면 '너'는 이곳에 없는 존재이기 때문이다. 이곳은 물론 언어 안쪽의 세계이며, 언어 안쪽에서 언어 바깥의 사물을 찾는 것은 좌절과 불가능을 확인하는 작업 이상이 될 수 없다.

영원히 실재에 다다를 수 없는 언어의 숙명을 되새김질하는 것도 같은 이 시는 그러나 좌절의 깊이만큼이나 넓은 부산물을 양산하고 있다. 너를 찾으러 다녔던 그 모든 클럽의 기기묘묘한 이름들은 언어로 언어 바깥을 나갈 수 없는 온갖 좌절의 역사이면서 한편으로 언어가 언어로서 수행할 수 있는 가장 최대치의 노력을 증명하는 기록이기도 하다. 언어는 언어 바깥에 결코 도달하지 못하지만, 도달하지 못하는 그 자체를 밀고 나가면서 파생되는 부산물은 이렇게도 풍부하고 또 무한할 수 있다. 그것을 증명하는 것이 이 시의 이면에 감추어진 전언이자 숨길 수 없는 매력이 아닐까.

그 매력은 물론 단어 하나에 대한 애정에서 기원한다. 가령 '클럽'이라는 단어를 곁에 두고서 오래 곱씹는 시간이 없었다면 결코 탄생하지 않았을 저 많은 클럽들. 이름들. 그리고 단어들. 단어 하나에 대한 애정에서 비롯된 말놀이는 그리고 말사태는 이처럼 많은 말들을 새로 만들어내면서 또하나 "놀라운 것들의 방"(「분더캄머」)을 탄생시켰다. 말놀이의 규칙이 지배하는 방이자 말사태의 폭발이 보관되어 있는 그 방은 지금도 어딘가에서 또다른 형태로 배양에 배양을 거듭하고 있을 것이다. 하나가 아니라 여러 개의 방. 여러 개를 넘어 이 세상 어딘가에 무수히 배양되고 있을 그 방을 찾아서 쉬지 않고 돌아다니는 누군가의 눈길이 있다. 발길이 있고 손길이 있다. 그 손에 닿으면 어떤 방도 외롭게 있을 수 없다. 어떤 단어도 고독하게 내버려둘 수 없다. 단어 하나도 예사로 넘기지 않는 그 손길이 앞으로 어떤 단어를 더 건드리고 사랑하게 될지는 알 수 없다. 분명한 것은 단어는 많고 단어를 사랑할 시간은 그리 많지 않다는 사실이다. 유한한 시간을 가장 무한하게 보내는 방식으로 누군가는 다시 고독하게 단어를 건드릴 것이다. 그보다 더 지독하게 발생하는 말사태를 끝난 듯이 끝난 듯이 다시 보여줄 것이다. "지진이 난 후/ 지구의 가장 뜨악한 부위에서/ 한 그루 소나무가 솟아나듯"(「힘」) 끈질기게 발생하는 그 말을, 그 말의 또다른 사태를, 놀이하듯이 지켜보는 일이 우리에게 남아 있듯이.

오은 1982년 전북 정읍에서 태어났다. 2002년 『현대시』를 통해 등단했다. 매년 첫날, 국어사전을 펼쳐 그해의 운세를 단어로 점친다. 위기를 나누면(分) 분위기가 된다고 믿는다. '딴'의 상태를 꿈꾸며 여러 권의 책을 썼다. 여전히 딴생각을 하고 딴청을 피울 때 가장 행복하다. 읽고 쓰기, 듣고 말하기, 만나고 사랑하기 등 앞서거니 뒤서거니 하는 일들이 일상을 지탱해주는 힘이다.

문학동네시인선 038
우리는 분위기를 사랑해
ⓒ 오은 2013

1판 1쇄 2013년 4월 10일
1판 30쇄 2024년 10월 15일

지은이 | 오은
책임편집 | 강윤정
편집 | 김민정 김필균 김형균 유성원
디자인 | 수류산방(樹流山房) 본문 디자인 | 유현아
저작권 | 박지영 형소진 최은진 오서영
마케팅 | 정민호 서지화 한민아 이민경 왕지경 정경주 김수인 김혜원 김하연
　　　 김예진
브랜딩 | 함유지 함근아 박민재 김희숙 이송이 박다솔 조다현 정승민 배진성
제작 | 강신은 김동욱 이순호
제작처 | 영신사

펴낸곳 | (주)문학동네
펴낸이 | 김소영
출판등록 | 1993년 10월 22일 제2003-000045호
주소 | 10881 경기도 파주시 회동길 210
전자우편 | editor@munhak.com
대표전화 | 031) 955-8888　팩스 | 031) 955-8855
문의전화 | 031) 955-2696(마케팅), 031) 955-2678(편집)
문학동네카페 | http://cafe.naver.com/mhdn
인스타그램 | @munhakdongne 트위터 | @munhakdongne
북클럽문학동네 | http://bookclubmunhak.com

ISBN 978-89-546-2085-7 03810

문학동네